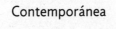

Contemporánea

Javier Marías (Madrid, 1951-2022) fue autor de dieciséis novelas, entre ellas *Los dominios del lobo*, *El hombre sentimental* (Premio Ennio Flaiano), *Todas las almas* (Premio Ciudad de Barcelona), *Corazón tan blanco* (Premio de la Crítica, IMPAC Dublin Literary Award, Prix l'Oeil et la Lettre), *Mañana en la batalla piensa en mí* (Premio Rómulo Gallegos, Prix Femina Étranger, Premio Mondello, Premio Fastenrath), *Negra espalda del tiempo*, los tres volúmenes de *Tu rostro mañana* (*Fiebre y lanza*, *Baile y sueño* y *Veneno y sombra y adiós*), *Los enamoramientos* (Premio Tomasi di Lampedusa, Mejor Libro del Año en *Babelia*, Premio Qué Leer), *Así empieza lo malo* (Mejor Libro del Año en *Babelia*), *Berta Isla* (Premio de la Crítica, Premio Dulce Chacón, Mejor Libro del Año en *Babelia*, en *Corriere della Sera* y en *Público* de Portugal) y *Tomás Nevinson* (Premio Gregor von Rezzori - Ciudad de Florencia); de las semblanzas *Vidas escritas*; de los relatos reunidos en *Mala índole* y la antología *Cuentos únicos*; homenajes a Cervantes, Faulkner y Nabokov, y veinte colecciones de artículos y ensayos. En 1997 recibió el Premio Nelly Sachs; en 1998 el Premio Comunidad de Madrid; en 2000 los Premios Grinzane Cavour y Alberto Moravia; en 2008 los Premios Alessio y José Donoso; en 2010 The American Award; en 2011 el Premio Nonino y el Premio de Literatura Europea de Austria; en 2012 el Premio Terenci Moix; en 2013 el Premio Formentor; en 2015 el Premio Bottari Lattes Grinzane; y en 2017 el Premio Liber, todos ellos por el conjunto de su obra. En 2016 fue nombrado Literary Lion por la Biblioteca Pública de Nueva York. Entre sus traducciones destaca *Tristram Shandy* (Premio Nacional de Traducción 1979). Fue profesor en la Universidad de Oxford y en la Complutense de Madrid. Sus obras se han publicado en cuarenta y seis lenguas y en cincuenta y nueve países. Fue miembro de la Real Academia Española y en 2021 fue elegido miembro internacional de la Royal Society of Literature (RSL), la organización benéfica del Reino Unido para la promoción de la literatura.

Javier Marías

Mientras ellas duermen

Prólogo de
Elide Pittarello

DEBOLS!LLO

Papel certificado por el Forest Stewardship Council®

Edición al cuidado de Carme López

Tercera edición: abril de 2023

© 1990, Javier Marías
© 2007, 2023, Penguin Random House Grupo Editorial, S.A.U.
Travessera de Gràcia, 47-49. 08021 Barcelona
© 2007, Elide Pittarello, por el prólogo
Diseño de cubierta: Penguin Random House Grupo Editorial / Yolanda Artola
Imagen de cubierta: © Ferdinando Scianna / Magnum Photos / Contacto
Foto del autor: © El País, S. L.

Printed in Spain – Impreso en España

ISBN: 978-84-663-7158-2
Depósito legal: B-2.847-2023

Compuesto en Zero pre impresión, S. L.

Impreso en Black Print CPI Ibérica
Sant Andreu de la Barca (Barcelona)

P 3 7 1 5 8 2

Prólogo

Varios cuentos de esta colección, publicada por primera vez en 1990, tienen historias curiosas, calas mínimas en el trayecto artístico del autor. El hecho de que algunos títulos hubieran aparecido en periódicos y revistas no tiene nada de particular. Es extraño, en cambio, que «El espejo del mártir» y «Portento, maldición» fueran en aquella época algo así como los restos de un naufragio. Procedían de una obra —*El monarca del tiempo*, de 1978— que Javier Marías decidió borrar de la lista de sus novelas, tal vez porque no pueda definirse propiamente como una novela. La proscripción fue larga pero no definitiva. El limbo editorial de aquella rareza bibliográfica duró hasta 2003, fecha de su reimpresión, a partir de la cual esos dos textos entraron a la vez en dos géneros literarios diferentes.

Estos dos relatos testimonian un proceso de transición. Conservan por un lado el tono paródico de *Los dominios del lobo* y de *Travesía del horizonte*, las novelas jocosas de los comienzos; por otro esbozan el nudo afectivo de las obras de la madurez. A la luz de lo sobrevenido, en esa especie de estampa napoleónica que es «El espejo del mártir» resalta hoy el misterio como contrapunto de una razón pretenciosa e impotente, mientras que en «Portento, maldición» llama especialmente la atención la dificultad de querer a quien más se necesita. Este último relato tiene además un valor anecdótico. Cuando el autor lo insertó en esta colección ya había escrito *El siglo* y *El hombre sentimental*, novelas donde había hecho reaparecer a los protagonistas del cuento. El padrino y el ahijado de «Portento, maldición» entran así en la estirpe de los personajes que vuelven en más de una historia y no necesariamente según un orden progresivo.

El tiempo como estructura es sumamente inestable para el autor, aun fuera de sus ficciones. Nada de lo que inventa tiene un lugar definitivo, sobre todo los hechos, la gran quimera. Para montarlos y desmontarlos basta jugar con las convenciones, romper los pactos, simular por ejemplo otra identidad. Es un tipo de engaño que siempre ha atraído a los escritores y en una ocasión Javier Marías lo llevó a cabo con tanta sutileza que tal vez nadie lo habría descubierto de no haberlo dicho el propio falsificador.

Lo hizo en «La canción de Lord Rendall», el escalofriante relato que apareció como un texto apócrifo en *Cuentos únicos* y se incluye en cambio ahora como auténtico en *Mientras ellas duermen*.

Para este escritor los géneros literarios tienen escasa importancia, de ahí la permeabilidad entre sus diversos tipos de escritura, los ecos amortiguados o claros que pasan de un texto a otro. Valga como ejemplo «Un epigrama de lealtad», el cuento protagonizado por John Gawsworth, un autor inglés poco conocido, que tuvo una juventud brillante y una vejez desdichada. Sin hacer referencia a la novela *Todas las almas*, donde la biografía de Gawsworth desemboca en la ficción, no se puede apreciar plenamente el episodio que cuenta el relato, según advierte el propio Javier Marías en unas líneas previas.

Pero más complejo aún es el caso de «Lo que dijo el mayordomo», un cuento que se presenta como el desarrollo de un artículo de periódico publicado con anterioridad. El artículo trataba el tema de la venganza, suscitado a partir de la conversación que Javier Marías decía haber entablado con un mayordomo en el ascensor de un rascacielos de Nueva York, bloqueado durante media hora. Ahora, en esta colección, además de reproducir en cursivas una parte del artículo antecedente del relato, el autor explica con guasa por qué no procederá en la ficción con la misma cautela. Sin embargo, el distinto tratamiento de un mismo episodio no permite distinguir lo sucedido de lo inventado. Y es el propio autor quien siembra dudas al respecto. Poner en tela de juicio la validez de lo conocido es un fundamento de su arte literario.

Las soluciones son, en este sentido, muy variadas. Por ejemplo la escritura de «El viaje de Isaac», historia de una maldición, plantea el camino inverso. Primero Javier Marías publicó el cuento en una revista literaria y, como tal, lo reprodujo en esta colección, sin añadir nada más. Años más tarde, en un artículo de periódico, volvió a contar la misma historia como un hecho verdadero, relativo a la rama cubana de su familia. A continuación, en *Negra espalda del tiempo*, un libro en primera persona que contiene partes autobiográficas, retomó ambos textos para darles otra connotación. Inserta primero aquella historia en una detallada genealogía familiar y cita luego el final entrecomillado del cuento, donde el protagonista soluciona con una extravagancia metafísica el enigma en el que estuvo pensando toda la vida. Las mismas palabras que en el relato hacen sonreír, por ser descreída la voz que narra, en el libro brindan una reflexión seria acerca de lo que no acontece y se ignora, y de lo que acontece y se olvida o se recuerda tan sólo como ficción. Así pues, de manera insospechada, «El viaje de Isaac», que en esta colección de cuentos encubre una memoria personal, está relacionado con el libro más original y denso de Javier Marías, el que ha roto todos los cánones.

Por lo tanto, el lector puede disfrutar de estas historias singularmente o como partes de un tapiz mucho más vasto y por supuesto inacabado. Mientras el autor siga escribiendo, siempre habrá la posibilidad de dar con nuevas alusiones, citas o reescrituras. Un ejemplo más de esta fluidez creadora es el cuento de fantasmas «Serán nostalgias», variante «mexicana» de «No más amores», texto incluido en la segunda colección de relatos, *Cuando fui mortal*. «Serán nostalgias» representa sobre todo el punto de llegada de una aventura empezada treinta años atrás.

Ese relato, que es de 1998, es el último, cronológicamente hablando, de la recopilación, inaugurada con un cuento de 1968, pero compuesto antes, cuando Javier Marías tenía tan sólo catorce años. No cabe duda de que su manera de explorar el mundo a través del lenguaje ha cambiado mucho desde entonces, pero sorprende que «La vida y la muerte de Marcelino Iturriaga» revele una vocación tan temprana por el género fantástico. Escrito con estilo lapidario, ajeno a las sutilezas argumentativas que hoy son un rasgo inconfundible de la literatura del autor, este cuento tiene como protagonista el prototipo de sus fantasmas (masculinos siempre) que desde el más allá siguen involucrados en la vida que dejaron. En distintos grados, también pertenecen a este ámbito sobrenatural la aventura de un profesor titulada «La dimisión de Santiesteban», cuya técnica narrativa da un vuelco hacia la complejidad sintáctica; y el malicioso triángulo erótico de «Una noche de amor», mientras que «Gualta» constituye un caso aislado, pues narra la metamorfosis simétrica de dos hombres idénticos que defienden su yo modificando, cada uno por su cuenta, su aspecto físico y su conducta, sin lograr establecer quién es el sosias.

La angustia que podrían ocasionar las experiencias inexplicables de estos relatos, base de la literatura fantástica, queda descartada gracias a los enfoques burlones de las voces narrativas, las tomas de distancia afectiva que aseguran que, al fin y al cabo, se trata de juegos. Junto a éstos, otros cuentos nada misteriosos como «El fin de la nobleza nacional» y «En la corte del rey Jorges» apuntan más abiertamente aún a la risa, la que mana de lo absurdo en estado puro, cuando el gusto por la caricatura lingüística es tan exagerado que evoca uno de los placeres más añorados de la infancia.

Un comentario aparte merece en cambio el cuento que da título a la colección. La historia empieza en una playa de Menorca, en verano, donde el narrador y su mujer espían divertidos a los bañistas, fijándose especialmente en un cincuentón de aspecto vulgar que todos los días y a todas horas graba con una cámara de vídeo a su joven e indolente pareja, «una belleza irreal». Si bien arranca con tono festivo, «Mientras ellas duermen» es el relato que, junto con «La canción de Lord Rendall», plantea más dramáticamente el tema del amor pasión.

Esta historia desesperadamente terrenal, donde amor y muerte renuevan su peligroso enlace, es la que acaba inquietando más, no tanto por lo que se hace, sino por lo que se piensa y dice en ella. Un argumento este, típico de las novelas de Javier Marías, al menos desde *Corazón tan blanco* en adelante. Abandonadas las defensas del humor, el narrador partícipe de «Mientras ellas duermen» insinúa la banalidad del mal a partir de una conversación con el hombre de la playa, que se aloja en su mismo hotel.

Es de noche, todos duermen excepto ellos dos, sentados en la oscuridad junto a la piscina. Entonces un calcetín mojado que gotea en el respaldo de una tumbona desasosiega más que la aparición de un fantasma si pertenece a quien nos inocula su afán. El narrador se fija en la prenda de su interlocutor apesadumbrado, piensa cuán desagradable sería tocarla con un pie, se mete por un instante en la piel del otro que le sigue hablando. Y así palpa el miedo del tiempo que desconoce, del espacio que no ve. Las palabras fluyen y no pasa nada. O eso parece. Desde la incertidumbre, una mente asustada ya no puede detenerse. Enmudecido e inmóvil, el narrador imagina.

ELIDE PITTARELLO

Nota previa

De los diez relatos que componen este volumen, ocho se han publicado con anterioridad, a lo largo de un periodo de quince años y de manera lo bastante dispersa y a veces oscura como para que no esté de más su reunión o recopilación aquí bajo el título del inédito 'Mientras ellas duermen'. Tampoco está de más detallar brevemente cómo y cuándo se publicaron, sobre todo teniendo en cuenta que uno de ellos, 'La canción de Lord Rendall', exige una explicación que lleva implícita la disculpa.

'La dimisión de Santiesteban' apareció en el volumen *Tres cuentos didácticos*, de Félix de Azúa, Javier Marías y Vicente Molina Foix (Editorial La Gaya Ciencia, Barcelona, 1975).

'El espejo del mártir' apareció en mi libro *El monarca del tiempo* (Ediciones Alfaguara, Madrid, 1978; Reino de Redonda, Madrid, 2003).

'Portento, maldición' apareció asimismo en *El monarca del tiempo* (Ediciones Alfaguara, Madrid, 1978; Reino de Redonda, Madrid, 2003).

'El viaje de Isaac' se publicó en la revista *Hiperión*, n.º 1, 'Los viajes' (Madrid, primavera de 1978; Reino de Redonda, Madrid, 2003).

'Gualta' apareció en el diario *El País* (Madrid y Barcelona, 25 y 26 de diciembre de 1986).

'La canción de Lord Rendall' se publicó en mi antología *Cuentos únicos* (Ediciones Siruela, Madrid, 1989; Reino de Redonda, Madrid, 2004 [edición ampliada]) de forma apócrifa, es decir, atribuido al escritor inglés James Denham y supuestamente traducido por mí. Por ese motivo incluyo también aquí la nota biográfica que acompañó al cuento que fue de Denham, ya que alguno de los datos en ella aportados forma parte, tácitamente, del propio relato, que de otro modo estaría incompleto.

'Una noche de amor' apareció en *El País Semanal* (Madrid y Barcelona, 13 de agosto de 1989).

'Un epigrama de lealtad' se publicó en *Revista de Occidente*, números 98-99 (Madrid, julio-agosto de 1989).

'Mientras ellas duermen' y 'Lo que dijo el mayordomo', finalmente, se publican aquí por vez primera, y quizá por eso me permito recomendar al lector impaciente que empiece en orden inverso.

Estos diez relatos no son la totalidad de cuantos recuerdo haber escrito, pero sí la mayoría. Algunos me parece aconsejable que aún permanezcan dispersos o en la oscuridad.

JAVIER MARÍAS
Enero de 1990

P.D. *Casi diez años después*

Aún suscribo esa última frase, y algunos de los cuentos que he escrito seguiré manteniéndolos dispersos o en la oscuridad. Pero a esta nueva edición de *Mientras ellas duermen* se incorporan dos de los proscritos entonces y otros dos posteriores, sumando en total catorce. Quizá no haya mucha justificación para ninguno de ellos, seguramente son sólo curiosidades impertinentes para impertinentes curiosos. En todo caso, no harán ningún mal (si acaso a mí). Del mismo modo que hace casi diez años me permití recomendar al lector que empezara con los cuentos de atrás adelante, ahora puedo asegurarle que —si no es curioso ni impertinente— poco perderá si se salta las cuatro nuevas incorporaciones, cuya historia o prehistoria es la siguiente:

'La vida y la muerte de Marcelino Iturriaga' se publicó en *El Noticiero Universal* (Barcelona, 19 de abril de 1968). Creo que es el primer texto mío que jamás fue a la imprenta, y fue sin que yo supiera de esa visita con anterioridad. Tenía dieciséis años cuando apareció en aquel simpático diario vespertino barcelonés que ya no existe. Pero veo en el original a máquina que fue escrito el 21 de diciembre de 1965, es decir, cuando contaba sólo catorce años (espero benevolencia). Su mayor curiosidad radica en alguna semejanza con otro relato, quizá aquel del que menos descontento estoy, 'Cuando fui mortal', de 1993, incluido en el volumen de ese mismo título.

'El fin de la nobleza nacional' apareció en la revista *Hiperión*, n.º 2, 'La carne' (Madrid, otoño de 1978).

'En la corte del rey Jorges' se publicó en la revista *El Europeo*, n.º 31 (Madrid, abril de 1991). Más que un cuento, es una propuesta de culebrón, que me fue solicitada, como a otros cuatro autores, por el incansable y saltarín Enrique Murillo, si no recuerdo mal.

'Serán nostalgias', por último, se publicó en el libro colectivo *Las voces del espejo* (Publicaciones Espejo, México, 1998). Con la habitual premura que rodea a esta clase de proyectos, se me solicitó un cuento para ese volumen, que, ilustrado por dibujos de niños del Estado de Chiapas, los tendría a ellos como beneficiarios. Tan poco tiempo en verdad se me dio, que sólo acerté a conseguir una adaptación o variación sobre otro cuento ya escrito, 'No más amores', de 1995, y asimismo incluido en el volumen *Cuando fui mortal* (Alfaguara, Madrid, 1996; DeBolsillo, 2006). 'Serán nostalgias' es el mismo relato en esencia, pero el lugar de su acción y los personajes son mexicanos ahora, en vez de ingleses, y el fantasma que por él transita ya no es el de un joven rústico y sin nombre, sino el de un hombre hecho y derecho, y no anónimo desde luego. Disculpen su intrusión los lectores severos, y también las incorporadas bromas de esta nueva edición. No puedo evitar confiar en ello.

JAVIER MARÍAS
Diciembre de 1999

Mientras ellas duermen

La vida y la muerte de Marcelino Iturriaga

I

El 22 de noviembre de 1957 fue un día muy nublado. Las nubes, formando una masa inerte, compacta e inexpugnable, cubrían el horizonte, y la tormenta amenazaba constantemente con desencadenarse.

Aquel día tenía un especial significado para mí. Hacía un año exactamente que había abandonado a los míos para no volver jamás. Era el primer aniversario de mi muerte. Por la mañana había venido Esperancita, mi mujer, y me había traído un ramo de flores, que me había colocado con mucho cuidado encima. No me gustaba que hiciera esto, ya que las flores me estorbaban y no podía ver bien, pero el día 22 de cada mes venía a renovármelas, trayendo consigo, una vez sí y otra no, a los chicos. Aquel mes les tocaba haber venido, pero supongo que Esperancita, por ser el primer aniversario, habría preferido venir sola. Por esta misma razón el ramo de claveles era más abundante que de costumbre, y me dificultaba la visión más que nunca. Aun así, pude observar bien a Esperancita. Estaba un poco más gorda que el mes pasado e indudablemente ya no era aquella chica ágil, esbelta y graciosa que tanto me había gustado antaño. Se movía con cierta pesadez y dificultad, y el luto, que todavía guardaba, le sentaba muy mal. Así vestida me recordaba a mi suegra enormemente, porque además el pelo de Esperancita ya no tenía aquel color negro puro, sino que empezaba a blanquearle sobre la frente y en las sienes. En aquel momento recordé cómo era la última vez que la vi con los ojos abiertos, y al hacerlo se me presentó claramente la escena que había ocurrido hacía un año en mi piso de Barquillo y, al mismo tiempo, toda mi vida.

II

Yo nací en Madrid en 1921, en un pequeño piso de la calle de Narváez. Mi padre era dueño de una farmacia que estaba bajo nuestro piso, y en cuya parte superior había un letrero que decía: 'ITURRIAGA. FARMACIA', y un poco más abajo, y en letras más pequeñas se leía: 'También se venden caramelos', y era por esta razón por la que mi hermano y yo pasábamos la mayor parte del día en el establecimiento. La otra parte del día la invertíamos en estar encerrados en una vieja y sucia clase del colegio cercano, donde un solo profesor nos daba clase, a catorce chicos, de todas las asignaturas existentes entonces. Eran unas clases aburridas, en las que nos dedicábamos a dormitar o a tirarnos bolitas de papel.

Mi madre era una mujer regordeta y apacible, que siempre nos ayudó a mi hermano y a mí cuando teníamos algún problema o cuando mi padre, tras un mal día de venta, descargaba su furia sobre nosotros.

Mi padre era, por el contrario, muy irascible, sobre todo cuando estaba de mal humor, y siempre creí que hubiese sido mucho más propio de él el ser carnicero o algo parecido en vez de farmacéutico.

Estuve en aquella escuela de Narváez hasta los quince años, y entonces empezó la guerra, que pasó por mí como una cosa más en la vida. No me trajo grandes pérdidas ni a mí ni a mi familia. Mi hermano estuvo en el frente, pero salió indemne, y vino cargado de un patriotismo y un orgullo por la victoria de las derechas que yo nunca compartí. Entonces empecé la carrera de Económicas, que tardé en acabar ocho años, ante el disgusto de mi padre, al que no le hubiese gustado verme repetir cursos. Sin embargo creo que a pesar de todo aquellos ocho años de carrera fueron los más felices y alegres de mi corta vida. En ellos me divertí, estudié poco y conocí a Esperancita. Era una chica bastante tímida con los chicos, pero no por eso dejaba de mostrarse afectuosa y servicial. Íbamos juntos al cine, al circo o a pasear, para acabar haciéndolo casi todas las tardes. Dos años después de finalizada la carrera le pregunté a Esperancita si quería casarse conmigo. Accedió; y a los dos años vino mi primer hijo, Miguel, y dos años más tarde Gregorito, nombre que a mí no me gustaba, pero al que hube de acceder, por empeñarse en ello mi suegra, que se llamaba Gregoria. Además, siempre creí que Gregorito Iturriaga Aguirre era un nombre demasiado largo y con demasiadas erres.

Ahora que lo pienso, creo que no me casé con Esperancita por amor o cosa equivalente, sino porque creí que me sería muy útil para ayudarme en mi trabajo del Banco. Luego no me fue de gran ayuda, ya que se tomaba demasiado en serio las cosas de los niños y estaba todo el día con ellos. Aunque no fui muy feliz con ella, tampoco puedo decir que fuese muy desdichado.

Vivían con nosotros mi suegra y mi padre, que no se podían ver, y como tenían que hacerlo, dado que la casa era bastante pequeña, todo el día estaban peleando y discutiendo sobre cosas estúpidas y de las cuales no podían —mejor dicho, no debían— discutir, ya que sabían muy poco de ellas. Esto, añadido a los gritos de Esperancita a Manuela, la criada, y a los llantos de los niños, hacía de mi casa un lugar insoportable, así que a mí el Banco me parecía el paraíso. Hacía horas extra con gusto, ya que, además de tener que alimentar a siete personas, gozaba de más ratos de tranquilidad.

Mi madre murió cuatro años después de finalizada la guerra, y creo que fue la única persona por la que tuve un gran cariño. Sentí mucho más su muerte que la de mi padre, al cual nunca profesé un verdadero amor filial.

III

Mi muerte fue algo bastante inesperado para todos. En agosto de 1956 empecé a experimentar unos fuertes y agudos dolores en el pecho. Alarmado, consulté a mi hermano, que era médico. Me tranquilizó diciéndome que sería algún pequeño constipado o anginas que habría cogido.

Me dio una receta para tomar unas píldoras, y el dolor dejó de molestarme hasta el 16 de noviembre, en que me atacó con más furia que en agosto. Volví a tomar las píldoras, pero esta vez no me aliviaron en nada, y el día 21 estaba en la cama, con mucha fiebre, un cáncer de pulmón y ninguna esperanza de vivir.

Aquel día fue algo angustioso. Los dolores eran horribles y nadie podía hacer nada para remediarlos. Veía nubladamente a Esperancita, que lloraba arrodillada junto a mi cama, mientras mi suegra, doña Gregoria, le daba golpecitos afectuosos y consoladores en la espalda. Los niños estaban quietos sin acabar de comprender lo que ocurría. Mi hermano y su esposa, sentados, parecían esperar el momento de mi muerte para poderse marchar de aquel lugar tan aburrido y melodramático. Mi jefe y algunos de mis compañeros, en la puerta, me miraban compasivamente, y cuando veían que los observaba me dirigían una amistosa sonrisa muy forzada. A las seis de la tarde del día 22, cuando empezaba a subirme la fiebre de nuevo, intenté levantarme y después caí sobre la almohada, muerto. Sentí que todos mis dolores y angustias se desvanecían al momento de expirar, y quise decirles a mi familia y amigos que ya no sentía dolor, que estaba vivo y bien, pero no pude.

No podía hablar, ni moverme, ni abrir los ojos, a pesar de que veía y oía perfectamente lo que ocurría a mi alrededor. Mi suegra dijo:

—Ha muerto.

—Que Dios lo tenga en su gloria —contestaron los demás.

Vi cómo mi hermano y su esposa, tras decirle a Esperancita que ellos se encargarían del entierro, que sería mañana, se retiraban. Poco a poco toda la gente se fue y me quedé solo. No sabía qué hacer. Pensaba, veía y oía, luego existía, luego vivía, y mañana me iban a enterrar. Luché para moverme, pero no pude. Entonces me di cuenta de que estaba muerto, de que detrás de la muerte no había nada, y que lo único que me quedaba era quedarme en mi tumba para siempre, sin respirar, pero viviendo; sin ojos, pero viendo; sin oídos, pero oyendo.

Al día siguiente me metieron en un ataúd negro, y después en un coche, que me llevó hasta el cementerio. No fue mucha gente al entierro. No duró mucho y después todos se fueron. Me quedé solo. Al principio no me gustó el lugar, pero ahora que me he acostumbrado, me gusta porque es un sitio donde hay silencio. Veo a Esperancita cada mes y a los chicos cada dos, y esto es todo: esta es mi vida y mi muerte, donde no hay nada.

La dimisión de Santiesteban

Para Juan Benet,
con quince años de retraso

Tal vez por una de esas extravagancias a las que el azar no logra acostumbrarnos a pesar de su insistencia; o tal vez porque el destino, en un alarde de recelo y precaución, puso en duda durante algún tiempo las condiciones y atributos del nuevo profesor y se vio obligado a demorar su intervención para no correr el riesgo de luego quedar en entredicho; o tal vez, finalmente, porque en estas tierras meridionales hasta los más audaces e invulnerables desconfían de sus propias dotes de persuasión, lo cierto es que el joven Mr Lilburn no tuvo ocasión de comprobar si había algo de verdad en las singulares advertencias que su inmediato superior, Mr Bayo, y otros colegas le habían hecho a los pocos días de incorporarse al instituto hasta que el curso estuvo bien avanzado y él hubo tenido tiempo de olvidar o cuando menos de aplazar su posible significación. Pero en cualquier caso el joven Mr Lilburn pertenecía a esa clase de personas que antes o después, en el transcurso de sus hasta entonces poco agitadas vidas, ven sus carreras arruinadas y sus inquebrantables convicciones desbaratadas, rebatidas e incluso puestas en ridículo por algún suceso de las características del que ahora nos ocupa. De poco le habría valido, pues, no haberse quedado ninguna noche a cerrar el edificio.

Lilburn, que rebasaba en un año la treintena, no había tenido el menor reparo en aceptar el puesto que a través de Mr Bayo le había ofrecido el director del Instituto Británico de Madrid. Más bien, de hecho, había sentido cierto alivio y algo que se asemejaba mucho al discreto regocijo, incompleto y átono, que sólo son capaces de experimentar en tales situaciones los hombres que si bien nunca se atreverían ni a soñar siquiera con unas categorías que desde un principio han admitido que no les corresponden, siempre esperan, sin embargo, mejorar de posición como lo más natural del mundo. Y aunque su trabajo en el instituto, en sí, no representaba mejora alguna, ni económica ni social, con respecto a su posición anterior, el joven Mr Lilburn tuvo muy en cuenta al estampar su firma en el poco ortodoxo contrato que Mr Bayo le había presentado durante su estancia veraniega en Londres que, si bien nueve meses en el extranjero equivalían a una invitación al olvido de su persona y de sus aptitudes en el ámbito de su ciudad natal y la pérdida —por otra parte no del todo irremediable, suponía— de su puesto, cómodo pero excesivamente mediocre, del Politécnico del Norte de Londres, también sugerían la nada desdeñable posibilidad de entrar en contacto con personajes de más alto rango administrativo y, sobre todo, con los prestigiosos integrantes del cuerpo diplomático. Y las relaciones con, por ejemplo (¿y por qué no?), un embajador podrían serle de gran utilidad, por muy esporádicas y superficiales que fueran, en un futuro no necesariamente muy lejano. Así pues, a mediados de septiembre, y con la indiferencia característica del hombre moderadamente ambicioso, hizo sus preparativos, recomendó a un sustituto de saber más exiguo que el suyo para el puesto que dejaba vacante en el Politécnico y se presentó en Madrid dispuesto a trabajar de firme si era necesario, a ganarse la estima y la confianza de sus superiores por lo que ello le pudiera reportar en el porvenir y a no dejarse seducir por la flexibilidad del horario español.

Pronto el joven Lilburn logró ordenar su vida en aquel país extranjero, y tras unos primeros días de vacilación y de relativo desconcierto (los mismos que se vio obligado a pasar en casa del anciano Mr Bayo y su esposa a la espera de que los anteriores inquilinos desalojaran definitivamente un pequeño ático amueblado que Mr Turol, otro de sus colegas españoles, le había apalabrado para el primero de octubre en la calle de Orellana: el precio del alquiler rebasaba el presupuesto de Lilburn, pero no era caro si se tenía en cuenta que la zona era céntrica y que ofrecía la incomparable ventaja de estar muy cerca del instituto), se trazó un meticuloso y —si ello era posible a lo largo del curso— invariable programa diario que en efecto, y aunque sólo fuera hasta el mes de marzo, consiguió mantener inalterado. Se levantaba a las siete en punto y, tras desayunar en casa y efectuar un breve repaso de lo que pensaba decir en cada clase de la mañana, se desplazaba hasta el instituto para impartir sus enseñanzas. Durante la hora del recreo charlaba con Mr Bayo y Miss Ferris acerca del lamentable estado de indisciplina en que se encontraba el alumnado español, y durante el almuerzo volvía a hacerles los mismos comentarios a Mr Turol y a Mr White. Repasaba las lecciones de la tarde durante la sobremesa, las exponía a continuación dosificando sus esfuerzos en mayor medida que por la mañana y, una vez terminadas, permanecía de seis a siete y media en la biblioteca del instituto consultando algunos libros y preparando las clases del día siguiente. Se acercaba entonces hasta la elegante casa de la señora viuda de Giménez-Klein, en la calle Fortuny, a fin de darle una hora de clase particular de inglés a su nieta de ocho años (este trabajo, sencillo y bien remunerado, se lo había proporcionado Mr Bayo, su protector), y finalmente regresaba a Orellana sobre las nueve y media o poco después, a tiempo de oír las noticias de la radio: aunque al principio no entendía casi nada, Lilburn estaba convencido de que era el mejor método para aprender a pronunciar el castellano correctamente. Entonces tomaba una cena ligera, estudiaba uno o dos capítulos de un manual de gramática española, memorizaba apresuradamente descomunales listas de verbos y sustantivos y, puntualmente, se acostaba a las once y media. El lector que conozca las calles de Madrid mencionadas y recuerde dónde se encuentran los edificios que ocupa el instituto podrá advertir con suma facilidad que la vida de Lilburn no podía ser otra cosa que metódica y ordenada, y que sus pies, con toda probabilidad, no darían más de dos mil pasos al cabo del día. Sus fines de semana, sin embargo, y con la excepción de algún que otro sábado en que asistió a cenas o recepciones ofrecidas a visitantes de universidades británicas de paso por Madrid (y, en una sola ocasión, a un cóctel de la embajada), eran un misterio para sus colegas y superiores, que suponían, basándose únicamente en el poco revelador hecho de que no contestaba jamás al teléfono durante esos días, que los emplearía en hacer breves excursiones a las ciudades más cercanas a la capital. En realidad, al parecer y por lo menos hasta el mes de enero o febrero, el joven Lilburn pasaba los sábados y domingos encerrado en su apartamento de Orellana debatiéndose entre los caprichos y veleidades de las conjugaciones castellanas. Y es de presumir que de la misma manera pasó las vacaciones de Navidad.

Derek Lilburn era un hombre de escasa imaginación, gustos vulgares y pasado irrelevante: hijo único de un matrimonio de actores medianos y de ocasión que habían alcanzado cierta popularidad (que no prestigio) durante los primeros años de la Segunda Guerra Mundial con un repertorio isabelino y jacobino que incluía a Massinger, Beaumont & Fletcher y Heywood el joven pero que sin embargo evitaba escrupulosamente a los autores de más talla como Marlowe, Webster o el mismo Shakespeare, no había heredado de sus padres nada que se pareciera a lo que antiguamente se llamaba vocación escénica; aunque cabría preguntarse si el espíritu de sus progenitores albergó tal cosa alguna vez: al término de la contienda, cuando los divos, deseosos de recuperar sus posiciones y necesitados de aplausos, volvieron a aparecer en los escenarios con ímpetu y regularidad, y las lentas obras de reconstrucción, así como el masivo regreso de la soldadesca hicieron de Londres una ciudad si no más angustiosa sí por lo menos más incómoda que mientras se prodigaron los bombardeos, los Lilburn, sin nostalgia al parecer, abandonaron la capital y la profesión. Se establecieron en la ciudad de Swansea y allí abrieron una tienda de ultramarinos, probablemente con el dinero ahorrado durante los años que habían consagrado al innoble e ingrato arte de la interpretación. De aquellos tiempos azarosos sólo quedaron algunos carteles que anunciaban *Philaster* y *The Revenger's Tragedy* y lo que, al hablar de ellos, me ha llevado a anteponer sus incursiones por el drama a su verdadera condición de comerciantes: pura anécdota. Ni textos ni erudición acompañaron la infancia del joven Lilburn, y puede asegurarse que ni siquiera gozó del único vestigio que de su paso por las tablas podía haber quedado en los tenderos de Swansea de forma impremeditada: una entonación enfática, petulante o afectada en las conversaciones domésticas y banales.

La muerte de su padre, ocurrida cuando el joven Derek acababa de cumplir los dieciocho años, le permitió hacerse cargo del negocio personalmente, y la de su madre, unos meses más tarde, le sirvió de buen pretexto para vender el establecimiento, trasladarse a Londres y costearse allí unos estudios superiores. Una vez terminados con la engañosa brillantez del aplicado, ejerció la docencia —sin que en el corto intervalo se le presentaran ningún tipo de dudas vocacionales— en escuelas estatales por espacio de algunos años, hasta que en 1969, gracias a su superficial e interesada amistad con uno de los profesores del centro, consiguió el puesto del Politécnico que ahora había desechado en favor de una breve estancia —temporada que, además, se adivinaba de transición— en el extranjero.

De todos los que han pasado por allí, ya sea como profesores, como alumnos o como meros asiduos a la biblioteca, es bien sabido que las puertas del instituto se cierran a las nueve en punto (es decir, media hora más tarde de que finalicen las últimas clases nocturnas). El encargado de hacerlo es el portero, por llamarlo de alguna manera convencional, ya que sus funciones, y esto es poco menos que una norma en este tipo de centros mixtos de enseñanza, con frecuencia se apartan de las propias de su título y en cambio se asemejan mucho a las del bibliotecario y el bedel. Este hombre ha de vigilar las entradas y salidas de las personas ajenas al edificio, atender a las variadas órdenes, recados o requerimientos del profesorado, borrar los encerados que por descuido u olvido han quedado al final del día invadidos por números, nombres ilustres y fechas señaladas, procurar que nadie salga de la biblioteca con un libro sin que el hecho haya sido debidamente registrado y, finalmente —y dejando de lado algunas otras tareas de menor cuantía—, cerciorarse de que a las nueve menos cinco el edificio está desierto y, si así es, cerrar las puertas hasta la mañana siguiente. Fabián Jaunedes, el hombre que ocupaba este ajetreado puesto de portero cuando el joven Derek Lilburn llegó a Madrid, llevaba cerca de veinticuatro años haciéndolo con la perfección del que casi ha creado el cargo que desempeña. Por eso, cuando a principios de marzo, y con cierta precipitación y urgencia, hubo de ser hospitalizado y operado de cataratas y en consecuencia se vio obligado a abandonar sus quehaceres al menos mientras durara su recuperación (que a todas luces sería incompleta o parcial y que en cualquier caso representaría siempre un periodo de tiempo mayor del deseado por los responsables del centro), la vida interna del instituto sufrió más alteraciones de las que habría cabido suponer en un principio. El director y Mr Bayo descartaron casi inmediatamente la posibilidad de contratar a un sustituto, pues por un lado, pensaron, difícilmente podrían encontrar en un plazo breve a alguien que gozara de buenas referencias y que estuviera dispuesto a comprometerse tan sólo por lo que restaba de curso para luego, quizá, ser a su vez reemplazado (y aunque desconfiaban del pronto restablecimiento del viejo portero les parecía que ofrecer el puesto vacante por un número de meses superior a cinco equivaldría a prescindir definitivamente de Fabián y, por tanto, sería un feo gesto de deslealtad para con él, que tan leal había sido y tan buenos servicios les había prestado durante tantos años). Y por otro, con esa capacidad, o turbia necesidad que tienen las personas de cierta edad o de torpe imaginación para confundir las renuncias o concesiones más intrascendentes con rasgos verdaderamente épicos, consideraron que a la vista del inesperado contratiempo, el cual ellos más bien habrían calificado de adversidad, no estaría de más un pequeño sacrificio por parte de todos y cada uno de los profesores, que muy bien podrían repartirse las diversas tareas del portero ausente y demostrar así de paso su abnegación al centro. La bibliotecaria quedó encargada de controlar el paso de desconocidos por la puerta principal, que ella podía divisar con suma facilidad desde su posición habitual; Miss Ferris de mantener al día, sin permitir que se amontonaran, los anuncios y convocatorias de los tablones de la entrada; Mr Turol de inspeccionar cada cierto número de horas el estado de los lavabos y la caldera; a aquellos profesores que terminaban sus clases a las ocho y media se les encomendó vivamente que no olvidaran hacer que alguno de los alumnos limpiara la pizarra antes de partir; y, por último, se estableció un equitativo turno entre los miembros del personal a los que no se había asignado ninguna misión específica: alguien debía permanecer siempre en el edificio hasta las nueve de la noche para comprobar que todo quedaba en orden y cerrar las puertas con llave. Y aunque ello suponía un grave percance para el rígido horario de Lilburn, éste no tuvo más remedio que faltar un día a la semana a su cita con la pequeña Giménez-Klein y contribuir con sus superiores y colegas al buen funcionamiento del instituto quedándose en la biblioteca hasta las veintiuna, como era de rigor, todos los viernes a partir del mes de marzo.

Fue entonces, el primer viernes en que le tocó cumplir con su nueva obligación, cuando Mr Bayo reavivó en su memoria, con la misma despreocupación que le había hecho preguntarse a Lilburn, extrañado, al incorporarse al instituto, si aquel hombre de talante serio y conducta irreprochable tendría capacidad para la extravagancia, la advertencia inicial que ya en su momento le había producido cierta sensación de desasosiego:

—Esta noche —le dijo durante la hora del recreo— ya sabe: no se preocupe del fantasma. Creo que ya se lo expliqué por encima en su día, pero vuelvo a recordárselo por si lo ha olvidado, ya que hoy le corresponde a usted quedarse de guardia y podría sobresaltarse con los ruidos que hace el señor de Santiesteban. A las nueve menos cuarto oirá abrirse una puerta de golpe y escuchará siete pisadas de ida y, tras un breve silencio, otras ocho de vuelta. Luego, la puerta que se abrió se cerrará, sin tanto estrépito, por cierto. No se asuste ni haga ningún caso. Esto es algo que sucede desde no se sabe cuándo, por supuesto desde antes de que el instituto tuviera su sede principal en este edificio. No tiene nada que ver con nosotros por tanto y, como podrá imaginar, estamos más que acostumbrados; no digamos el pobre Fabián, que era por lo general el único que lo oía. Solamente le ruego que, puesto que usted se queda con las llaves hasta el lunes y por tanto habrá de ser el primero en llegar ese día para abrir, no se olvide de retirar del corcho que hay justo enfrente de mi despacho el escrito de dimisión. Hágalo nada más entrar, por favor. Aunque todo el mundo está al corriente de la existencia del señor de Santiesteban (a nadie se le oculta, créame, y a nadie, tampoco, molesta ni altera su presencia, por otra parte muy discreta), procuramos que sin embargo no interfiera de manera ostentosa en las vidas de los alumnos, que, como niños, son más sensibles que nosotros a esta clase de inexplicables acontecimientos. Acuérdese, pues, si no le importa, de quitar el papel. Y, por supuesto, simplemente tírelo a la papelera más cercana. ¡Imagínese si los guardáramos! A estas alturas tendríamos una habitación llena. ¡Cada vez que lo pienso! ¡Qué disparate! Noche tras noche, a la misma hora, el mismo texto; idéntico, sin una palabra, sin una sílaba cambiada. A eso se le llama perseverancia, ¿no cree usted?

El joven Lilburn no hizo comentario alguno y se limitó a asentir con la cabeza.

Pero al anochecer, mientras corregía unos ejercicios en la biblioteca a la espera de que llegara la hora de cerrar el edificio y marcharse a casa, oyó, en efecto, que una puerta se abría con gran violencia haciendo vibrar unos cristales, y a continuación unos pasos firmes y decididos —por no decir soliviantados—, un breve silencio que duró segundos, de nuevo otra tanda de pasos, ahora más sosegados, y finalmente la misma puerta (era de presumir), que se cerraba con suavidad. Miró el reloj que colgaba de una de las paredes de la habitación en que se encontraba y vio que eran las ocho y cuarenta y seis minutos. Más irritado que sorprendido o atemorizado, se levantó de su silla y salió de la biblioteca. En el corredor se detuvo y guardó silencio, a la expectativa de que se produjesen nuevos ruidos, pero no oyó nada. Recorrió entonces el edificio en busca de algún alumno rezagado o bromista a quien procuraría hacer ver, más que otra cosa, lo improductivo de su travesura, pero no encontró a nadie. Dieron las nueve y entonces decidió marcharse sin darle más vueltas al asunto; pero cuando ya se disponía a salir recordó una de las observaciones —la que tal vez más le había llamado la atención— que le había hecho Mr Bayo: subió al primer piso y se acercó al corcho que había en el pasillo, frente al despacho de su superior. Solamente vio, clavado con cuatro chinchetas, un prospecto de sobra conocido que anunciaba un ciclo de conferencias acerca de George Darley y otros poetas menores románticos que un profesor visitante del Brasenose College iba a pronunciar a partir de abril. Y no había nada en absoluto que se pareciera a una carta de dimisión. Más tranquilo, y también más satisfecho, se encaminó hacia la calle de Orellana y ya no volvió a acordarse del episodio hasta que el lunes, a media mañana, Miss Ferris le salió al encuentro tras una de sus clases y le comunicó que Mr Bayo deseaba verle en su despacho.

—Mr Lilburn —le dijo el anciano profesor de historia cuando estuvo ante él—, ¿recuerda usted que le rogué encarecidamente que no olvidara retirar esta mañana, antes de hacer ninguna otra cosa, las cartas de dimisión del señor de Santiesteban del corcho de ahí fuera?

—Sí, señor, lo recuerdo perfectamente. Pero el mismo viernes por la noche, después de oír las pisadas que usted me anunció, subí para cumplir su encargo y no vi nada en el corcho. ¿Es que acaso debería haber vuelto a mirar esta mañana?

Mr Bayo se dio una leve palmada en la frente como quien cae en la cuenta de algo y contestó:

—Oh, claro, en realidad es culpa mía por no habérselo advertido. Sí, Mr Lilburn, *sólo* tenía que haber mirado esta mañana. En fin, no tiene ninguna importancia en realidad, tampoco es la primera vez que esto sucede. Pero sépalo para la próxima vez: la carta aparece de madrugada, aunque es de suponer que el fantasma del señor de Santiesteban la clava en el corcho a las nueve menos cuarto. Sí, ya sé que resulta inexplicable, pero ¿acaso no lo es la misma presencia de este caballero? Bueno, eso era todo, Mr Lilburn; y no se preocupe: a los niños se les habrá pasado la excitación esta misma tarde.

—¿Los niños?

—Sí, han sido los de tercero los que me han hecho darme cuenta de que las cartas seguían ahí fuera. Los oí alborotar en el pasillo, salí a ver qué ocurría y me los encontré manoseando las tres cuartillas muy agitados.

Lilburn, entonces, hizo un ademán de exasperación y dijo:

—No entiendo nada, Mr Bayo. En verdad le estaría muy agradecido si me diera usted ahora mismo una explicación detallada y coherente de los hechos. ¿Qué es esto de las tres cartas, por ejemplo? ¿Cuál es la historia de ese fantasma, si es que realmente existe? Me ha hablado usted sin cesar de escritos de dimisión, pero aún no sé de qué diablos dimite el tal señor de Santiesteban cada noche. En fin, estoy desconcertado y no sé qué pensar.

Mr Bayo esbozó una sonrisa melancólica y respondió:

—Ni yo tampoco, Mr Lilburn, y crea que me gustaría, al cabo de tantos años de estar aquí, conocer los pormenores de la sin duda amarga historia del señor de Santiesteban. Pero no sabemos nada en absoluto acerca de él. Su nombre no nos dice nada ni por supuesto figura en anuarios, diccionarios o enciclopedias de ningún tipo: no fue un hombre famoso o al menos no hizo nada en vida que fuera digno de mención. Quizá tuviera alguna relación con el anterior propietario del edificio, el hombre que lo mandó construir alrededor de 1930, no recuerdo ahora en qué fecha exacta: era un caballero de inmensa fortuna y grandes inquietudes artísticas y políticas; fue una especie de protector de los intelectuales izquierdistas durante los años de la Segunda República española y murió arruinado. Pero no lo sabemos a ciencia cierta ni, de hecho, poseemos ninguna información concreta que nos permita suponer tal relación. También podría ser que su estrecha vinculación al edificio proviniera de su... ¿conocimiento, amistad, trato profesional? con el arquitecto, un personaje asimismo interesante: sus obras eran bastante avanzadas para la época y se suicidó, arrojándose al mar durante una travesía en barco, cuando aún era relativamente joven. Pero tampoco hay manera de averiguarlo. Todo esto no son más que suposiciones, Mr Lilburn, e hipótesis que ni siquiera me atrevo a formular en su totalidad por falta de datos.

—Es todo muy raro y muy curioso —comentó Lilburn.

—Ya lo creo —dijo Mr Bayo—. Y si he de serle sincero,

le diré que hace ya mucho tiempo, cuando yo era algo mayor que usted ahora y acababa de entrar en el instituto, las misteriosas pisadas del señor de Santiesteban despertaron mi curiosidad y lograron quitarme el sueño durante algunos meses; no exageraré si digo que estuvieron a punto de convertirse en una obsesión. El caso es que desatendí mi trabajo y me dediqué a hacer indagaciones. Visité a los respectivos parientes del antiguo propietario y del arquitecto y les interrogué acerca de la posible amistad de estos dos hombres con un cierto Leandro P. de Santiesteban, pero jamás habían oído tal nombre; consulté la guía telefónica en busca de algún Pérez de Santiesteban, por ejemplo (pues aún ignoro qué significa esa P: tal vez la primera parte de un apellido compuesto, quizá sólo Pedro, Patricio, Plácido, no lo sé), pero no hallé ninguno; en mi desmedido afán por conocer la historia del fantasma fui al registro civil con la esperanza de encontrar alguna partida de nacimiento que por lo menos me diera una pista, aunque fuese falsa: un apellido parecido hacia el que dirigir mis investigaciones; pero no obtuve ningún resultado positivo y sí, en cambio, problemas con los funcionarios, que me tomaban por loco, y con la policía, pues mi conducta, en aquellos tiempos tan alarmistas, les resultaba muy sospechosa; finalmente fui a ver a todos los Santiesteban de la ciudad, que son bastantes. Pero nunca había habido nadie llamado Leandro en sus respectivas familias y algunos no me quisieron recibir siquiera. En fin, todo fue en vano y me vi obligado a desistir invadido por la desagradable sensación de haber perdido el tiempo y hecho el ridículo. Como el resto de las personas que trabajan en el instituto, ahora me limito a aceptar la innegable existencia del fantasma y a no prestarle la menor atención, habida cuenta de que hacerlo es inútil y sólo proporciona sinsabores e insatisfacción. No puedo, por tanto, contestar a las preguntas que me ha hecho, Mr Lilburn, y créame que lo siento. Pero le aconsejo que haga como los demás: no se preocupe por el señor de Santiesteban. No molesta, no es desde luego peligroso y lo único que hace es dejar cada noche una carta de dimisión que a nosotros no nos cuesta ningún trabajo retirar al día siguiente.

—De eso precisamente —dijo Lilburn— iba a hablarle de nuevo. ¿Y la carta de dimisión? Allí explicará algo, ¿no? ¿De qué dimite? ¿Y por qué hoy, como usted ha mencionado antes, había tres?

Mr Bayo, entonces, se inclinó hacia la papelera que tenía al lado y extrajo unas hojas arrugadas que extendió al joven Lilburn al tiempo que decía:

—Hoy había tres por la sencilla razón de que es lunes y, como es normal, no ha habido nadie en el edificio durante el fin de semana para retirar ni la del viernes, ni la del sábado, ni la de ayer domingo. Usted tendría que haberlas quitado del corcho esta mañana temprano, pero ha sido culpa mía y no suya, como ya le he dicho, que no lo hiciera. Tenga.

Lilburn cogió las cuartillas, de papel corriente, y las leyó con detenimiento. Estaban escritas a mano con pluma estilográfica y el texto era el mismo, sin la menor variación, en las tres. Decía así:

'Querido amigo:
A la vista de los lamentables acontecimientos de los últimos días, que por su índole no sólo van en contra de mis costumbres sino también de mis principios, no se me ofrece otra alternativa, pese a ser muy consciente de los graves perjuicios que le ocasionaré con mi decisión, que la de dimitir de mi cargo de manera irrevocable. Y me permito hacerle saber, asimismo, que repruebo y condeno enérgicamente la actitud adoptada por usted con respecto a dichos acontecimientos.

LEANDRO P. DE SANTIESTEBAN.'

—Como ve —dijo Mr Bayo—, el escrito no revela nada. Más bien hace todo mucho más incomprensible todavía, dado que este edificio era una casa particular y no una oficina o

37

equivalente, es decir, un lugar donde hubiera gente con cargos de los que poder dimitir. Hemos de conformarnos con contemplar el enigma sin tratar de descifrarlo.

Pasaron los meses de marzo y abril, y el joven Lilburn, cada viernes, desde la biblioteca, oía los invariables pasos del señor de Santiesteban en el piso de arriba. Procuraba seguir los consejos que le había dado Mr Bayo y hacer caso omiso de aquellas misteriosas pisadas, pero a veces, de manera inopinada, se sorprendía a sí mismo meditando acerca de la personalidad y la historia del fantasma o contando mecánicamente el número de pasos en una y otra dirección. A este respecto había comprobado que, en efecto, como su superior le había dicho en una ocasión, el señor de Santiesteban daba primero siete pasos y luego, tras la pausa, ocho, para cerrar la puerta a continuación. Y fue durante las vacaciones de Semana Santa, que pasó en Toledo, cuando se le ocurrió una posible explicación a tal circunstancia. Este pequeño hallazgo, que en realidad no era más que una conjetura cuya veracidad no podría confirmar, le excitó sobremanera y le hizo esperar con impaciencia el momento de regresar a Madrid y poder contárselo a Mr Bayo.

Y efectivamente, el primer día de clase después de las vacaciones el joven Lilburn, en vez de quedarse en el patio durante la hora del recreo conversando con Miss Ferris y Mr Bayo acerca del insatisfactorio comportamiento de sus alumnos, le rogó a este último que le acompañara a algún lugar donde pudieran hablar con tranquilidad y, una vez en el despacho del anciano profesor de historia, le expuso su descubrimiento.

—En mi opinión —le dijo con cierto nerviosismo— el señor de Santiesteban da primero siete pasos y luego en cambio ocho por la siguiente razón: indignado por los acontecimientos a que hace referencia en su carta, que, puesto que él es un hombre de principios, le impiden permanecer en su cargo, sale airado de la habitación en que se encuentra y da siete pasos, o más bien zancadas, hasta el corcho. Deja su carta y entonces, ya más tranquilo al saber que ha cumplido con su deber, que ha terminado con el amigo que le defraudó, que su conciencia está limpia, en suma, regresa a la habitación dando ocho pasos en lugar de siete porque ya no está tan iracundo o agitado, sino tal vez, incluso, satisfecho de sí mismo. Prueba de ello es, además, Mr Bayo, el hecho de que luego cierre la puerta lentamente, sin la rabia que denota el golpe inicial, cuando abre.

—Lo ha expuesto usted muy bien, Mr Lilburn —contestó Mr Bayo con imperceptible ironía—. Y tiene usted razón, creo yo. Yo también llegué a esa conclusión hace muchos años, cuando me interesé por el asunto. Pero no adelanté nada con suponer que el diferente número de pasos en una y otra dirección se debía a un ligero cambio en el estado de ánimo del señor de Santiesteban. Aquí me tiene usted, tan ignorante como el primer día. Hágame caso. El enigma del fantasma del instituto es un enigma verdadero. No hay ninguna manera de descifrarlo.

Mr Lilburn se quedó pensativo y algo decepcionado por la fría respuesta de Mr Bayo. Pero al cabo de unos segundos levantó la cabeza y preguntó:

—¿Y no se puede hablar con él?

—¿Con él? ¿Quiere usted decir con el señor de Santiesteban? Oh, no. Verá: los viernes a las nueve menos cuarto usted oye, como lo oiría en cualquier otro día de la semana si estuviera aquí a esa hora, que la puerta de este despacho se abre de sopetón; después escucha las pisadas y finalmente la puerta que se cierra, ¿no es así?

—En efecto.

—¿Y dónde suele estar usted cuando esto sucede?

—En la biblioteca.

—Pues bien, si en vez de estar en la biblioteca estuviera usted en el interior de este despacho o afuera, en el pasillo, oiría exactamente lo mismo, pero también vería que la puerta no se abre en absoluto. Se *oye* cómo se abre y se cierra; pero se *ve* que ni se abre ni se cierra; permanece en su sitio, inmóvil, ni siquiera vibran los cristales al oírse el portazo inicial.

—Ya. ¿Y está usted completamente seguro de que es esta puerta y no otra la que el fantasma abre?

—Sí. No cabe la menor duda de que es esa puerta de cristales que está detrás de usted. Lo he comprobado, créame. Cuando tuve la certeza de que así era pasé algunas noches en vela, vigilándola. Como usted ha dicho antes, el señor de Santiesteban sale de aquí, va hasta el corcho, clava su escrito y vuelve. La carta, sin embargo, no aparece en el acto, sino en algún momento de la noche o ya de madrugada, no lo sé. Las dos únicas veces que logré mantenerme despierto, sin dar una sola cabezada que pudiera ser aprovechada por el señor de Santiesteban para hacer aparecer su escrito, oí las pisadas como siempre, pero la carta no apareció. Esto quiere decir que él me vio (me vio despierto y por eso la carta no apareció). Pero se niega a hablar o no puede hacerlo. Después de esas dos noches, cuando comprendí que yo era observado a mi vez por él (o, mejor dicho, que mientras yo no podía ni siquiera verle él vigilaba mis movimientos), le dirigí la palabra en varias ocasiones y con los más diversos tonos: un día le saludaba respetuoso, al otro melifluo, al siguiente irritado. Incluso llegué a insultarle para ver si reaccionaba. Pero nunca contestó; todo fue inútil e hice lo mejor que podía haber hecho: abandonar mis estúpidas e ilusas guardias y no volver a pensar en don Leandro P. de Santiesteban más que como en lo que es para todas aquellas personas que saben de su existencia: 'el singular fantasma del instituto'.

El joven Mr Lilburn volvió a quedarse pensativo durante unos instantes y entonces dijo con verdadera preocupación:

—Pero Mr Bayo..., si todo lo que usted me acaba de contar es cierto, entonces el señor de Santiesteban debe de habitar en este despacho, y en tal caso quizá nos esté escuchando ahora, ¿no es así?

—Posiblemente, Mr Lilburn —respondió Mr Bayo—. Posiblemente.

A partir de este día el joven Lilburn no volvió a hablar con Mr Bayo ni con ninguna otra persona acerca del fantasma del instituto. El viejo profesor supuso, con cierto alivio, que habría comprendido que toda reflexión sobre el asunto era una pérdida de tiempo y que habría decidido seguir finalmente sus consejos, dictados por la experiencia. Pero no era tal el caso. El joven Lilburn, a espaldas de su superior y de una manera un tanto improvisada, había tomado la determinación de averiguar por sí solo los motivos que impulsaban al señor de Santiesteban a dimitir de su cargo cada noche y, puesto que él se quedaba con las llaves del edificio durante los fines de semana y por tanto podía entrar y salir a su antojo durante esos días sin tener que rendir cuentas a nadie, había empezado a pasar las noches de los viernes, sábados y domingos en el sofá del pasillo del primer piso, lugar desde el que, incluso echado, podía dominar a la perfección todo el escenario, por otro lado reducido, de los paseos nocturnos del invisible fantasma; es decir: la puerta del despacho de Mr Bayo, el corcho que había enfrente y, por supuesto, el espacio que mediaba entre ambos.

Tres eran las razones —o, mejor, las sensaciones— que le impelían a llevar a cabo sus investigaciones en secreto: la desconfianza, la atracción por lo clandestino y el desafío. Sacaba buen provecho de la generosa narración de Mr Bayo y de las enseñanzas que se desprendían de su fracaso, pero al mismo tiempo sentía que si quería ver cumplidos sus deseos de desvelar el misterio no podía dejar de experimentar sobre su propia piel cuando menos algunos de los reveses que la fantasía había infligido a su superior en el pasado. Por otra parte, encontraba en sus largas esperas el placer que siempre proporciona gozar de lo prohibido o de lo ignorado por el resto de la humanidad. Y finalmente, saboreaba de antemano el momento en que su empeño se vería coronado por el triunfo, que consistiría no sólo en la consecución y eterna posesión de la verdad ansiada sino también en la íntima satisfacción —de la que en definitiva más gusta la vanidad— que lleva implícita consigo toda superación de un contrincante de mayor envergadura o de más amplio saber.

Y en efecto, durante los meses que siguieron, ya los últimos del curso, el joven Lilburn fue sufriendo los mismos reveses que el anciano profesor de historia había padecido en su juventud. Trató de hablar con el señor de Santiesteban sin resultado alguno; aguardó pacientemente, una y otra vez, a que apareciera el escrito sobre el corcho, pero por lo general el sueño lo vencía antes o después, obligado como estaba a permanecer durante horas con la vista fija en un punto; y en las dos o tres ocasiones en que consiguió mantener los ojos abiertos hasta la mañana siguiente la carta no apareció.

El tiempo pasaba con rapidez y le iba restando posibilidades de alcanzar su objetivo. Descontento con la abominable conducta de los niños españoles y con su trabajo, que le había ofrecido muy pocas oportunidades de mejorar de posición a corto plazo, había resuelto no renovar su contrato para el año siguiente y volver a Londres y a su empleo del Politécnico en cuanto finalizara el curso. Y a medida que el término de las actividades escolares se iba aproximando Lilburn se iba arrepintiendo cada vez más de haber tomado esa decisión. Ahora, con el pasaje de regreso en su poder, ya no era posible volverse atrás y se lamentaba una y otra vez de haberse precipitado en su acción cuando, envalentonado sin ninguna causa que lo justificara, había pensado que el logro de su empresa sería cuestión de semanas a lo sumo. Veía acercarse el día en que tendría que partir para probablemente no volver jamás y maldecía sin cesar su excesiva previsión y la fría indiferencia del señor de Santiesteban, que se mostraba tan altivo con él como con Mr Bayo y —esto era lo que le dolía— los demás mortales. En su delirio, y mientras escuchaba por enésima vez el sonido de los pasos sobre el suelo de madera, trataba de asir al fantasma o le gritaba, llamándole farsante, presumido, cobarde, desalmado: llenándolo de improperios.

Pero fue en una de estas ocasiones cuando se le ocurrió un posible remedio para su desesperación, una solución a su ignorancia. Acababa de protagonizar una de las bochornosas escenas que el despecho le inspiraba y, desolado, presa de la histérica rabia a que conducen las situaciones de prolongada impotencia, se había tumbado boca abajo en el sofá del pasillo. Eran las ocho y cuarenta y siete minutos. Y de repente, en medio de su congoja, le pareció oír que la puerta de cristales del despacho de Mr Bayo se abría de nuevo y que el señor de Santiesteban volvía a dar sus invariables quince pasos para luego cerrar, como era de rigor. Sorprendido, se incorporó y se atusó el pelo, que tenía alborotado. Miró hacia la puerta y a continuación miró hacia el corcho. Y fue entonces cuando comprendió que en realidad la segunda vez no había oído nada, sino que, como la música de un disco que se escucha infinidad de veces a lo largo del día, los pasos (su ritmo, su intensidad) se habían alojado en su cerebro y se repetían —como un pasaje obsesivo y complicado que se recuerda a la perfección pero que sin embargo no se puede reproducir— sin que se lo propusiera, involuntariamente, en su interior. 'Se los sabía de memoria', y si bien no podía ni intentar siquiera imitarlos mediante la voz, sí podía hacerlo en cambio con sus propios pies. Lleno de nuevas esperanzas y de ilusión, abandonó el edificio. Y aquel sábado de junio, como no sucedía desde hacía muchos fines de semana, durmió en su apartamento de la calle de Orellana.

De pronto se sentía como el actor que lleva varios meses representando la misma obra con notable éxito y que, sabedor de la calurosa salva de aplausos con que el público va a premiar su actuación, no tiene ninguna prisa por salir a escena a recitar su parte, sino que, más bien al contrario, se permite el lujo de remolonear entre bastidores y hacer su entrada con algunos segundos de retraso a fin de impacientar a la audiencia y desconcertar a sus compañeros de reparto. Es decir, Lilburn volvió a sentirse seguro de su triunfo y, en vez de poner inmediatamente en práctica su plan, se dedicó, sin dejar que la incertidumbre hiciera acto de presencia y le apremiara, a complacerse en la suerte con que el destino, lo adivinaba, iba a obsequiarle. Ya solamente pasó una noche más en el instituto: la de la víspera de su encuentro con el señor de Santiesteban, que también era la de su marcha. En efecto, decidió esperar a que terminaran las clases y los exámenes para llevar a cabo su experimento, y consideró que la fecha más apropiada era precisamente la de su partida por la siguiente razón: si le sucedía algo... trascendental, nadie podría echarle en falta ni en consecuencia hacer indagaciones tal vez engorrosas o comprometedoras, puesto que todo el mundo, incluido Mr Bayo, lo haría en Londres y a nadie extrañaría su ausencia. Y aunque ese día se celebraba de ocho a nueve y media la función que todos los años, tradicionalmente, ponían en escena los alumnos del centro para festejar el final del curso y por tanto en ese sábado concreto no se encontraría ni mucho menos a solas en el edificio, pensó que en realidad tal circunstancia no haría sino favorecerle (nadie le importunaría, pues a las nueve menos cuarto padres, profesores, alumnos y mujeres de la limpieza estarían concentrados en el salón de actos, y en cambio, en caso de ser sorprendido, su presencia a aquellas horas en el instituto estaría de sobra justificada) y se reafirmó en su determinación. No dejó ningún cabo suelto al azar: se las ingenió sin dificultades para que Mr Bayo le dejara en algún momento la llave de su despacho y sacar una copia; puso su reloj en hora con el del instituto y comprobó que ni uno ni otro adelantaban o retrasaban; y, como antes dije, la víspera de la fecha señalada pasó toda la noche ensayando hasta lograr una imitación absolutamente perfecta.

Y llegó el día. Lilburn hizo su aparición poco antes de las ocho y fue muy elogiado por haberse acercado hasta el instituto para ver la función cuando su avión salía aquella misma noche a las once y media. Aprovechó la circunstancia para advertir que precisamente por esta causa se vería obligado, lamentándolo mucho, a marcharse a mitad de representación y añadió que, sin embargo, se sentía muy satisfecho de poder contemplar al menos parte de la obra antes de irse. Cuando ésta iba ya a comenzar se despidió de sus colegas y de Mr Bayo, a quien dijo: 'Ya tendrá usted noticias mías.'

Los alumnos, aquel año, pusieron en escena una versión abreviada de *Julius Caesar*. Tanto la interpretación como la dicción inglesa eran desastrosas, pero Lilburn, ensimismado, apenas si lo advirtió. Y a las nueve menos veintidós, cuando daba comienzo el tercer acto, se puso en pie y, procurando no hacer ruido, abandonó el salón de actos y subió al primer piso. Abrió con su llave la puerta del despacho de Mr Bayo y entró.

Allí aguardó todavía durante un par de minutos y finalmente, cuando su reloj marcaba exactamente las ocho y cuarenta y cinco y en la distancia se oía la voz de un niño que decía '*I know not, gentlemen, what you intend, who else must be let blood, who else is rank*', el joven Derek Lilburn abrió con un portazo que hizo vibrar los cristales, dio siete decididos pasos hasta el corcho que había enfrente, clavó allí con una chincheta una hoja de papel corriente, dio media vuelta, a continuación ocho pasos en la dirección contraria y por último entró en el despacho de nuevo y cerró la puerta, suavemente, tras de sí.

Durante el verano el viejo Fabián Jaunedes perdió definitivamente la vista y Mr Bayo y el director del instituto no tuvieron más remedio que contratar a un nuevo portero. Cuando el 1 de septiembre éste se presentó en el centro para incorporarse a su puesto, Mr Bayo le informó acerca del señor de Santiesteban y de su escrito de dimisión. Como de costumbre, y en esta ocasión temeroso, además, de que el recién llegado pudiera asustarse y pretendiera renunciar, procuró quitarle importancia y dar la menor cantidad de detalles posible. El nuevo encargado, aparte de gozar de inmejorables referencias, era un hombre de muy buenos modales que sabía estar en su lugar, y se limitó a asentir con respeto y a asegurar a Mr Bayo que no dejaría de quitar la carta del corcho ni una sola mañana. El anciano profesor de historia respiró aliviado y se dijo que la adquisición de los servicios de aquel hombre había sido un completo acierto. Pero su sorpresa sería mayúscula cuando a la mañana siguiente el nuevo portero entró en su despacho y le dijo:

—He cumplido su encargo de quitar la carta del corcho, señor, pero quería decirle que la información que usted me dio ayer no es exacta. Anoche, en efecto, oí cómo se abría la puerta y unos pasos, pero también oí con claridad las voces de dos personas que charlaban animadamente. Y esta mañana recogí el escrito del que me habló. Por curiosidad, que espero que usted disculpe, lo he leído, y he de decirle también que no sólo no está escrito, como usted dio a entender ayer, en singular, sino que lo firman dos nombres distintos, uno español y otro inglés... Bueno, véalo usted mismo.

Mr Bayo cogió la carta y la leyó. Y mientras lo hacía su rostro fue adquiriendo una expresión parecida a la del maestro que un día, repentinamente, descubre que su discípulo le ha superado, e invadido por una extraña mezcla de envidia, orgullo y temor, sólo acierta a preguntarse, confundido, si en el futuro se verá humillado o ensalzado por quien de ahora en adelante ejercerá el poder.

El espejo del mártir

Aspera militiae iuvenis certamina fugi,
Nec nisi lusura novimus arma manu.

Ovidio

—Ha habido verdaderos dramas en el ejército, se lo aseguro; el suyo no es un caso aparte, por mucho que su reprobable exceso de individualismo le haga pensar lo contrario. Ha habido falacias, invectivas, maledicencia; ajusticiamientos de carácter meramente diplomático, deserciones a mansalva, regimientos enteros diezmados para dar un escarmiento, una lección; consejos de guerra contra altos cargos, traiciones y delaciones, espionaje interno, amotinamientos, insubordinaciones y mucha insolencia; actos de indisciplina que han costado batallas cruciales, sedición, sentimientos malsanos, casos de homosexualidad, rebeliones, atropellos; ...casos de homosexualidad, todo tipo de aberraciones carnales, morbosidad; y pánico, mucho pánico. Y, por encima de todo, implacabilidad. Esto entre nosotros: el ejército es injusto siempre, tiene que ser injusto para ser un auténtico ejército. ¿No conoce usted, por ejemplo, el caso del capitán Louvet, durante la campaña rusa de Napoleón? ¿No lo conoce? ¿De veras? Louvet era un valiente (tengo para mí que fue un valiente), y sin embargo, según todos los indicios, acabó fusilado por los suyos. ¿Por qué? Por una razón muy sencilla y a la vez inapelable: el ejército no admite la duda, la desconoce y en última instancia niega su existencia; y su caso era dudoso, muy dudoso. Es posible, sí, que la evidencia obrara a su favor, pero no basta con semejante testimonio en nuestro seno. Parecía decir la verdad y los hechos tendían a apoyar su versión, por eso había dudas; pero, ¡justamente!, no existía certeza; y, más que eso, lo que había era una irregularidad de por medio, suficiente por sí sola para condenarlo. Podía habérsele desterrado, haber suprimido su nombre de las matrículas y los archivos, como va a hacerse con usted prácticamente (usted va a ir a la isla de Bormes por tiempo indefinido, hasta nueva orden, ¿comprende?), pero, ¡ah!, siempre quedaba la posibilidad de que escapara, de que regresara, de que eludiera la deportación, incluso de que se alzara en armas contra nosotros (nunca se sabe), arrastrando tras de sí algunas compañías leales a su persona o enfervorizadas por el remordimiento. El heroísmo tiene adeptos y produce ceguera; es admirable, sí, pero si se le une el infortunio el resultado es fanatismo. Por eso ya no hay héroes individuales, porque fomentan un entusiasmo desmedido y nocivo, despiertan las ansias de emulación y las tropas ya sólo piensan en hazañas improbables, en proezas singulares y en la gloria en general. Incluso se ha tenido que acabar con el genio militar, con el gran estratega: aunque de adhesión más minoritaria (únicamente entre los oficiales, ¿sabe?), también esa figura provocaba delirios e idolatría. El ejército es anónimo, tiene que ser anónimo...

El coronel se pasó un dedo por la punta de la lengua (fue un gesto fugaz) y se alisó una ceja que se le levantaba.

—Anónimo. Así que no conoce usted el caso del capitán Louvet, del ejército francés... Pero ¡hombre de Dios, si es muy famoso! Descanse, descanse y figúrese: un soldado valioso, arrojado, con excelentes condiciones, batallador, un poco ingenuo (era un teórico), seguramente lo que le perdió.

Su historia fue muy comentada y más tarde silenciada, no se sabe a ciencia cierta... Pero ¡esa es la esencia del ejército! No se sabe; aunque esté constituido por individuos, el ejército no es una unidad; ni aun haciendo abstracción de esa multitud de individuos que lo componen siempre de manera circunstancial. Y al no ser unidad, ni sabe ni se deja saber, porque ¿acaso lo que no es unidad puede conocer o ser conocido? ¿Puede ser conocido lo que no es unidad ni divisible en unidades por lo único que tiene capacidad cognoscitiva, a saber: la unidad? Vea usted que escapa a nuestra comprensión, como muchas otras cosas que nos empeñamos en entender. El ejército es incognoscible, y sin embargo no es tampoco una patraña. ¿Qué es, pues? Ah, yo no lo sé ni pretendo saberlo; es indefinible, ahí radican su grandeza y su misterio. No, no me pregunte, yo sólo sé que es múltiple y anónimo (múltiple en virtud de que no es uno, pero irreductible a partes e incontable según ellas); y que se lo entiende mal. Se lo toma por lo que no es porque se lo trata de entender (hay colegas, camaradas que se jactan... ¡y yo recomendaría la abstención!), y al final de tal empresa no caben más que el desconcierto o el error... Pues bien, no se sabe a ciencia cierta cómo acabó Louvet porque su episodio estaba de tal modo imbricado en lo que podríamos denominar los supuestos esenciales o fundamentos de la corporación, y hasta tal punto participaba de su espíritu más íntimo e incontaminado, que todas las vicisitudes inherentes al caso se negaban a revelarse y se adivinaban incognoscibles; y el ejército, al silenciarlo, no hizo sino dar configuración palpable y sancionar, con sus atribuciones más temporales, lo que ya era de por sí un estado real y verdadero, hondo, tajante e incuestionable: arrojó un velo figurativo sobre el velo transcendente que ocultaba el resplandor ya polvoriento de los hechos; con su decisión prestó encarnación a los dictados eternos de la ley natural. ¿Cómo no conoce usted el caso Louvet? ¡Si es paradigmático! Es muy ilustrativo de la tragedia del ejército (porque el ejército también es trágico, ¿lo sabía?;

por estructura y por definición). Y no toda corporación es de naturaleza trágica, ese es un mérito que prácticamente nos cabe en exclusiva, y se lo debemos a nuestro profundo sentimiento de las jerarquías, tan arraigado y cabal que cualquier tergiversación o trastorno de las mismas desemboca indefectiblemente en la tragedia. Usted sabe que la tragedia, para producirse, precisa de un cuerpo rígido de leyes como entorno, de una normativa inviolable cuyo desacato revista tal gravedad que el conflicto suscitado por la transgresión y por la intromisión de un segundo corpus doctrinal (cuando lo hay, cuando merece ese apelativo) incompatible con la vieja legislación (vieja en tanto que es inmemorial, no crea: su vigencia es asombrosa e imperecedera) sólo pueda tener por desenlace la catástrofe; así, la historia toda del ejército, o mejor dicho su errática y siempre declinante trayectoria no es más que un jalonamiento, tumultuoso y caótico, de diferentes prótasis, epítasis y catástasis simultáneas (o atemporales quizá, si me apura usted: ya sabe, exposición, nudo y clímax), que en un momento y lugar determinados se unen, o más propiamente convergen, y, manifestándose instantánea y excepcionalmente en el Tiempo, adquieren un orden fugaz y un sentido efímero para a continuación deshacerse en una catástrofe común. Esta catástrofe puede tomar la forma de un destino unívoco y personal, como en el caso Louvet, o presentarse bajo la apariencia arrolladora... ¿qué le diré?, de un exterminio imprevisible y masivo de tropas, por citar tan sólo un par de ejemplos de los sinnúmero dados a través de todas las épocas y por darse en el futuro. O también de ambas cosas a la vez, una de las características del ejército en su vertiente o modo fenoménico es la ubicuidad. Pero vea usted que la meta continuamente renovada del ejército (siempre la misma y ajena a toda voluntad con visos de humanidad) consiste en hallar cauce a los parsimoniosos meandros y entresijos de un itinerario deslavazado, anómalo y torrencial, para acto seguido desintegrarlo en un océano redolente de pasado y extenderlo entre los acuosos desperdicios acumulados por la actividad acéfala, perpetuamente creadora y destructiva, de los tiempos. Le diré que ese cauce momentáneo, una vez disuelto en el bajío de desechos, queda irreconocible para siempre: hay que aceptar la imposibilidad de su recuerdo.

El coronel se echó levemente hacia atrás (con la punta del largo cortaplumas que hasta aquel instante había guardado bajo la axila, en posición de fusta o bastón de mando) una indómita onda del cabello que le bailaba por la frente: fue un gesto juvenil y enteramente perfunctorio.

—Es esta una función ingrata para los inocentes que hemos de darle corporeidad, pero como no está en nuestra mano abolir o renunciar a tal misión..., ¡al tiempo!; y por otra parte (y quizá deba decir afortunadamente), son pocos los que, incluso desempeñándola, están al tanto de ella. Tal vez sólo miembros de hierro, como usted, Louvet, o yo, capaces de hendir la espuela en el barro y esperar la acometida; brutales como sablazos, tersos, inconmovibles, desheredados sin origen que piden a voces su aniquilación: porque yo participo de su pequeño drama, ¿comprende?: usted va destinado al islote de Bormes indefinidamente, o quizá al de Malvados, y soy yo quien le convierte en un militar oscuro y provinciano (en un descamisado, sí) cuando su hoja de servicios le auguraba un puesto en el mando y una vitola de mundanidad que a buen seguro habría contribuido enormemente a realzar su prestigio y a acentuar su personalidad; soy yo quien le va a sumir en el olvido y la deyección, en la rutina y la desidia, o para ser más exactos: yo formo parte de la encarnación de la catástasis... no me atrevería a hablar aún de catástrofe en su caso, no se dé importancia... los dramas habidos en el ejército han sido legión y multiformes, y de magnitudes tales que si se hiciera un simple recuento grosso modo, el mundo quedaría boquiabierto y pasmado usque ad nauseam. Y el suyo está viciado a primera vista, tiene... ¿cómo expresarlo?, una cierta aureola de carácter anecdótico que impide determinar con rotundidad si efectivamente se inscribe en nuestra inveterada y fatídica trayectoria (siendo lógico en tal caso que cuanto más pronunciado es el declive más anodinas resulten sus manifestaciones visibles) o si bien, por el contrario, es solamente otra estampa de lo que podríamos llamar el santoral de nuestro cuerpo: algo con que promover y recordar la regularidad invulnerable del ejército, algo con que dar a conocer y divulgar de forma amena y superficial nuestros conceptos entre los novatos y los legos. Ya le digo: no lo sé, aún ignoro la fuerza y la necesidad a que responden sus errores y el consiguiente derrumbamiento; el ejército está cambiando, el arte de la guerra no es el único desuetudinario, no es el único que ha dejado de existir; y al haberse desvanecido (al haberse amortiguado cuando menos) lo que en buena medida conformaba la representación viva y material de nuestra esencia, los atajos de que se vale nuestro espíritu son desorientadores hoy por hoy: sólo causan perplejidad y desconfianza, incluso un poco de desaliento involuntario (falta de fe, en otros términos) para los que, como yo mismo, somos versados en la materia, hemos reflexionado y conocemos la ilustración portentosa del pasado. Sepa usted que este nugatorio deambular de nuestros días es algo nuevo enteramente, y que una de las características de esa configuración, de esa fuga del magma, de ese cauce o cristalización de que le hablo, era la luz, el breve fulgor, el destello nítido y cegador, la irradiación sublime del momento culminante; en una palabra el fugitivo cielo estrellado entre la masiva e idéntica condensación de dos tormentas en la noche. Pero parece que es este un brillo ya difunto, cancelado, innecesario: como si el desenvolvimiento de la tragedia mortífera y perenne del ejército hubiera desechado a la postre su incursión final por nuestro tiempo, como si la materia de que están hechas las tres primeras partes hubiera absorbido a la cuarta albergándola en su seno y en su dimensión y confundiéndola; como si se estuviera produciendo un transvase, una transubstanciación cuyo efecto sería la progresiva y gradual difuminación de la catástrofe: si su difuminación o su desaparición, eso me temo que nosotros no lo llegaremos a saber, ni a intuir siquiera. Tal vez de ahora en adelante (si no ha ocurrido ya) el ciclo funesto y glorioso del ejército se reduzca y pierda su estructura dorada y modélica. ¿Se lo imagina? Un encadenamiento tan indiscernible e incesante que lleve a la descomposición de los eslabones; una yuxtaposición tan brumosa y perfecta que finalmente no sea sino la fusión de las partes, un continuum informe y compacto, como el tiempo incontable del convicto en la mazmorra o del amante postergado; y todo ello dándose en un reino que nos está vedado, en el campo invisible de batallas fantasmales y campañas venales, en un terreno donde ni se muere ni llueve, ¿comprende usted?, ¡donde ni se muere ni llueve!...

El coronel encuadró entre sus manos el rostro inflamado y venoso, acentuándose más todavía la forma de huevo invertido de su cabeza senil y pulposa y aterciopelada.

—Espantoso, ¿verdad? Pero piense usted al mismo tiempo que, de consumarse este vuelco en que al parecer nos hallamos inmersos, el resultado equivaldría tan sólo al cumplimiento absoluto de nuestra incognoscibilidad esencial. Y deberíamos alegrarnos por ello. Hasta ahora, aunque no cupiera el conocimiento, sí era posible su simulacro, incluso su aspiración: la especulación, la conjetura, la hipótesis... Todo ello errado desde su nacimiento, sí, y sin posibilidad de acertar, pero en cierto modo remunerador, un alivio. Un consuelo banal, bien es verdad, pero conciba usted lo que puede ser su falta. Entonces no nos quedará más que el recuerdo borroso del vestigio que fue; y ambas cosas se irán debilitando poco a poco, hasta que sobrevenga el día en que incluso ese mortecino reflejo deje de iluminarnos ya y se apague, extenuado por el exceso de trabajo a que lo habremos sometido. Es este un resplandor perecedero, que necesita regenerarse y cobrar fuerza de sus iguales; y si no los hay, si no obtiene descendencia, se extingue tras languidecer lentamente: no es capaz de

soportar el peso de siglos, ni aun de lustros de temporalidad
infecunda... Lo que me pregunto es si la carencia total de casos como el de Louvet y la paulatina abrogación de su culto y
su memoria, la falta de cúspides donde respirar hondo tras la
turbulencia y el clamor del ascenso, de atalayas con que alimentar nuestra única ilusión, la primordial: que desde allí, y
por un momento, se contempla con diafanidad la curva entera del trayecto recorrido en la ignorancia, el ancho valle que
antes había sido imperceptible y la negrura del océano del
que se procede y al cual se habrá de volver..., me pregunto si
todo esto no conllevará la disolución de la naturaleza trágica
del ejército, del ejército mismo en consecuencia; o al menos
de su representación más inmediata y por ello imprescindible, irrenunciable; en una palabra, de nosotros mismos, del
cuerpo como tal. Y así, no sé tampoco si su caso merece la
pena realmente, si es que se inscribe en esa difuminación de-
gradante y gradual de la catástrofe, en esa imparable nebulo-
sidad de que le he hablado (perteneciendo por tanto, pese a
todo, a lo más profundo y entrañable de nuestro carácter), o
si bien no es usted más que un nuevo capítulo del martirolo-
gio. Sí, una muestra más, de muy relativa importancia, de mero interés cuantitativo. No sé si es usted como Louvet, Lucan
y algunos otros (un vínculo admirable, la confluencia, la sín-
tesis) o si, por el contrario, su drama es un vulgar disfraz, una
máscara innoble con que pretende engañarnos la temporalidad atolondrada y pragmática a que estamos condenados.
Porque su historia, ¿sabe usted?, está desprovista de emoción
y de grandeza, no es una cumbre ejemplar, dibujada e inequí-
voca, carece de grandilocuencia y de esplendor, ni siquiera
veo en ella el rastro o estela estremecedor de la catástasis, del
clímax, de la premonición; en suma, puede usted ser, simplemente, un eslabón tan llamativo que nos induzca al error: y a
fuer de ser sinceros, le diré que ojalá sea así; lo contrario su-
pondría sin duda lo que a la vez le he expresado en forma de
esperanza y de temor (más de lo segundo a la postre, lo con-

fieso sin ambages ni resquemor; aún no he envejecido lo suficiente para anhelar la evanescencia, aunque todo se andará):
un deterioro representativo tan bárbaro, tan irreversible, tan
implacable, que nos podríamos dar por clausurados. ¿Se imagina usted lo que sería el fin de los Louvet, de los Pompeyo,
de los John Hume Ross? ¿El fin, incluso, de los menos ful-
gentes, de los Manera y de los Moreau, de los Custardoy? Un
óbito corporativo, eso sería, una intolerable defunción... ¡No
más Louvets, no más Louvets! Impensable aún hoy, ¿verdad?
Yo habría dado cualquier cosa por ocupar su lugar: por haber
experimentado en mis propias venas espeluznadas el vértigo
de la consumación, por haber cabalgado a solas, como lo hizo
él, por haber gozado de sus antecedentes geniales, por haber
sucumbido como él. Louvet, fíjese usted, se vio bendecido
por la fortuna hasta en los detalles más nimios, ni siquiera
tuvo que atravesar el obligado engrisecimiento de la carrera
ascendente y lenta de todo soldado: entró y salió del ejército
como capitán, sólo intervino en una campaña... Fue un personaje relampagueante y fugaz como su propia función. Cuando Napoleón preparaba la marcha sobre Rusia, su asombroso
ejército se encontraba ya tan desgastado y yacente pese a los
triunfos obtenidos que no sólo tuvo que reclutar tropas de
manera indiscriminada y abusiva, sino también que inventar-
se oficiales no siempre merecedores del rango. Louvet fue
una de estas creaciones tardías, pero en su caso no puede ha-
blarse de desliz ni de improvisación: sus profundos conocimientos teóricos del arte bélico, la ingente obra escrita en que
los había plasmado, la clarividencia estratégica que tales páginas dejaban traslucir no hacían sino convertir en lógica y
apremiante su incorporación a filas en un puesto de mando y
responsabilidad, y en disparatada, absurda, perversa, la circunstancia de que hasta entonces se hubiera mantenido aleja-
do de los campos de batalla y hubiera confinado su saber
abrumador al polvo de las bibliotecas y a los ojos cansados y
débiles de los curiosos y los ilustrados. Pero al igual que el

aficionado a los mapas rara vez siente el impulso o la necesidad de viajar porque sabe que la carta no miente y que en el lugar visitado no hallará más que lo que aquélla le anuncia y describe y da ya, así a Louvet no se le había ocurrido jamás (considerándolo algo denigrante y superfluo) constatar personalmente sobre el terreno la veracidad de unas doctrinas que, como su progenitor, él reputaba obligadas y ciertas. Y sólo en 1812, quién sabe si porque la magnitud de la empresa le atrajo o porque, ya cincuentón, sufrió una conmoción inesperada y profunda de carácter patriótico, quién si porque se dejó seducir a fuerza de lisonjas y halago o porque a punta de bayoneta fue forzado a ingresar, quién, finalmente, si porque vio en ello una rúbrica adecuada a su obra o porque quizá enloqueció, el docto Louvet recibió su primer baño de fatiga y de sangre al pasar a formar parte del ejército nacional con el rango de capitán. Y no me cabe ninguna duda de que ya entonces Louvet presintió su destino y aceptó de buen grado que aquella incursión intempestiva y marchita le costara la vida. La función que a lo largo de la campaña desempeñó era la propia de un general veterano y con experiencia estratégica, pero el caso de Louvet desde un principio resultó singular: pese a estar tan capacitado para dirigir las operaciones de envergadura como cualquiera de los mariscales del Emperador, no se le concedió tan alta graduación, quizá para evitar los recelos, quejas y descontento de quienes la disfrutaban por los méritos y cicatrices acumulados desde el año 93, quizá a petición propia y con el íntimo, probable propósito de conocer el ambiente que le era contrario y militar en el frente. Y así, se daba la contradicción de que mientras a Louvet se le asignaba de facto un cargo espectral y oficioso que podríamos denominar de supervisor general estratégico y táctico, al tiempo, de iure y como capitán, participaba en el combate con asiduidad y una extraña delectación; ...en la lucha cuerpo a cuerpo, sí, en la refriega misma, ¿de qué se asombra usted?, dirigiendo cargas de caballería y cortando cabezas: el sable en la mano, la mirada encendida, la mandíbula tensa, poseído sin duda por la enajenación y el pavor. Tanto es así que en las confrontaciones previas a Borodino se distinguió más por su arrojo en el campo, pêle-mêle, que por su maestría o habilidades tácticas (sentía gran respeto por las teorías y maniobras del general Phull). No puede decirse que el suyo fuera un arrojo suicida, sino más exactamente irracional: a menudo recordaba al todo o nada que el pánico suele propiciar en el ánimo impresionable y endeble del novel; pero tenga usted en cuenta que en última instancia eso era Louvet, y que aunque su espíritu estuviera traspasado de marcialidad, no era en ningún caso un militar, sino un hombre de letras, un estudioso que había pasado la totalidad de su vida entre libros, planos y crayons: meditando, trazando, proponiendo, arguyendo; en suma, no era un hombre de acción; y el único medio a su alcance para sobreponerse al espanto y la fascinación que el combate no podía por menos de producirle era sumergirse en él con el entusiasmo y la dedicación del que nada tiene que perder, o mejor dicho, de quien está convencido de que lo va a perder todo...

Con la parte más carnosa de la palma de la mano el coronel volvió a alisarse delicadamente la ceja tupida, que en esta ocasión se le disparaba hacia abajo (por efecto de la humedad y el calor) confiriendo a su rostro una expresión levemente bobalicona y sombría, bovina y languideciente.

—Pero, eso sí, Louvet sabía muy bien lo que se traía entre manos y, sobre todo, a lo que estaba asistiendo: una cosa es que rodeado del estrépito de los aceros, del fogonazo a quemarropa brutal, de las caídas de los caballos en serie, de las salpicaduras de la tierra arrancada y de las voces ininterrumpidas y entrecortadas, sordas, sin procedencia y anónimas de los combates, perdiera el control de sí mismo y se transformara en un soldado aguerrido cuyo fanatismo llamaba tanto más la atención cuanto que de un lado se investía de su improbable figura de hombre pasivo, arropado e incrédulo, y de otro contrastaba con la ausencia de espontaneidad y el escepticismo en la lucha que aquejaban a sus camaradas y a las tropas en general, que en algunos casos llevaban diecinueve años batiéndose sin apenas respiro ni tregua; otra cosa muy distinta es que con la llegada del anochecer, durante los últimos pasos quebrados de las interminables marchas o en la atmósfera fría, ominosa y mortal de su tienda, no cavilara sin sueño sobre el velo que descorría su fogosidad. Y puesto que hablamos de ello, le diré que su destino personal, sustraído a su poderosa imbricación con el sino invariable, global y constante del ejército, tuvo que resultarle muy doloroso y sarcástico ya antes de Borodino: Louvet, como le he comentado, desdeñaba la comprobación empírica de sus teorías juzgándolas a priori infalibles y verdaderas y negando todo crédito o significancia a los desmentidos que accidentalmente le echaba en cara la experiencia ajena. Su visión del arte militar era formalmente irreprochable, pero (sin llegar a los extremos de la del general Phull, su celebrado adversario) se encontraba anticuada: su sistema era enteramente dieciochesco y se fundaba en una concepción de la táctica y de la estrategia que dejaba poco o ningún resquicio de acción al poder del azar. Louvet estaba persuadido (y su convencimiento era inflexible) de que poseyendo una buena y fidedigna información sobre las fuerzas propias y enemigas, sobre la disposición de ambos ejércitos en el campo de batalla, sobre sus respectivos movimientos en anteriores enfrentamientos y su tradición guerrera, sobre las características del terreno escenario de la contienda, e incluso si se quería (esto se le antojaba secundario, optativo, una cuestión de estilo) sobre la psicología más evidente y superficial de los miembros clave del staff contrario, se podían efectuar unos cálculos tan ajustados y precisos que al desarrollo fáctico de las operaciones no le quedara otra alternativa que erigirse en el cumplimiento simple, riguroso, exacto y aun taxativo del plan previamente acordado. La premisa menor de todo lo cual era un sentido férreo e inquebrantable de la disciplina: las tropas debían tener tanta voluntad como las piezas del ajedrez. Sin que ello signifique que concedo ningún valor a las tajantes, mojigatas, enormemente pueriles y poco autorizadas afirmaciones del conde Tolstoy al respecto, le diré que quizá *ahora* vuelva a ser posible tal cosa, pero que entonces *ya* no lo era en absoluto. De una manera aproximativa y muy imperfecta, lo había sido en el siglo XVIII, pero fueron justamente las campañas napoleónicas, con el precedente inmediato de las guerras revolucionarias, las que trastocaron por completo esta concepción de lo bélico sustituyéndola por otra, más rica y más amplia, que durante un periodo lamentablemente corto y que ya ha terminado otorgó al ejército la facultad de convertirse en una especie de Todo nacional (de receptáculo del Estado) en tiempo de guerra. Y si bien puede aseverarse que Louvet llevó a la cumbre y a la cabalidad que les faltaba los cálculos geométricos aplicados a las maniobras militares (siendo en esto un auténtico genio y como tal un adelantado a su época..., amén de un nexo hoy insoslayable entre la previa y la presente), hay que añadir, sin embargo, que partía (para *su* tiempo, que no para el nuestro) de un tremendo error de base que invalidaba de raíz y de un plumazo todos sus planteamientos. Esto no tuvo ocasión de averiguarlo hasta que él en persona entró en liza, y no tanto a través de los fracasos menores que como táctico cosechó en la ruta de Smolensk cuanto de su propio comportamiento individual, que le hizo la deplorable revelación de que de momento andaba errado y de que a lo sumo podía confiar en que el paso de los siglos hiciera coincidir algún día su pensamiento con los hechos y trocara lo que ahora se le mostraba como simple desideratum en realidad. Pues era en sí mismo en quien vislumbraba la contradicción: llevado de su celo y de su furor, él era el primero en contravenir las órdenes que había impartido, creando el desconcierto y fomentando la apatía entre sus hombres; incomprensiblemente se veía escindido, desdoblado durante la lucha, aferrándose de un lado a sus convicciones más antiguas y sedimentadas (que siempre unos minutos antes había pretendido encarnar en la forma de voces autoritarias de mando e indicaciones precisas a sus soldados), y hundido, de otro, en la vorágine de sus arrebatos particulares, los cuales, como un ariete arremetiendo contra su espalda al mismo ritmo que el de los latidos violentos de su yugular, le empujaban y señalaban, una y otra vez, el camino untuoso de la enajenación y el pavor, de lo sanguinario y lo montaraz. Y así, el destino que durante el día iba adquiriendo su configuración todavía impalpable, se le presentaba a la noche como algo aún no trágico sino más bien patético, y por ende doblemente desconsolador. Y a la luz de las hogueras donde fecha tras fecha se consumían las ilusiones maltrechas mezcladas con la ginebra, encajaba, durante el reposo postrero de cada jornada, los reveses fatales de su militancia tardía, casi póstuma, irreal y senil. Cuando finalmente lograba conciliar el sueño tras largas horas no tanto de meditación como de contemplación atónita de su trayectoria inclinada, un olor pútrido impregnaba sus fosas nasales a modo de despedida trayéndole el vaho incipiente del fraude, la muerte y la descomposición; y sólo la certeza de que llegaría la madrugada y con ella la oportunidad de dar rienda suelta a su congoja en la insensatez de la lucha, le permitía reclinar la cabeza por fin y dormir: ansiaba las hostilidades hasta tal extremo que con una escaramuza se conformaba: celebraba con desmedido alborozo y ninguna contención la aparición fantasmagórica de una partida de cosacos extraviados sobre los que caer y tajar, y ello le llevaba a unirse con frecuencia a los grupos más adelantados, a marchar en primera línea a lo largo del día entremezclado con los guías, los intérpretes, los pelotones de reconocimiento y las arriesgadas avanzadillas napolitanas; y era tal la parafernalia de la Grande Armée que no le costaba demasiado confundirse entre las líneas que más probabilidades tenían de entrar en combate sin que la deserción de su puesto se hiciera notar; y si alguna vez eran advertidas sus intromisiones en aquellos lugares que ni por cuerpo ni rango le correspondían, sus superiores (quizá porque las achacaban a su impaciencia por dominar las extensiones que se les iban abriendo y llevar a cabo una inspección topográfica continua de los terrenos, quizá porque le reverenciaban pese a su graduación inferior) guardaban silencio y le dejaban hacer. Y así, durante las trece semanas de marcha la figura de Louvet fue abdicando de su aura de sabiduría para verla suplida por otra que le iban tejiendo a partes iguales la extravagancia, la temeridad y la obcecación. Su nombre empezó a ser conocido ahora de los soldados rasos, y a pesar de que su conducta como oficial y su pregonada labor estratégica no inspiraban ya confianza ni eran las de desear, sus hombres, viéndole prodigar energías y audacia en el campo, mohíno, taciturno y vencido en su carromato, comenzaron a sentir por él la veneración que en esos seres gregarios, pasivos, expectantes y llanos suscita todo lo que no alcanzan a comprender: admirándole sin querer, imitándole sin darse cuenta de ello y procurando no obstante no cruzarse con él, le consideraban inaccesible y peligroso como un buque en cuarentena. Lo que sin embargo Louvet ignoraba es que estaba aproximándose a una desembocadura gigantesca e insigne que acabaría por fundirse con él; que mientras avanzaba hacia Borodino y Moscú haciendo descubrimientos vitales y para él impensados sobre el arte marcial, sobre su profesión, otro movimiento de sombras, oculto a su conocimiento y a su ciega mirada, recorría a su vez los últimos tramos de su propio abismo habiendo iniciado el descenso anheloso y alado no se sabe ni dónde ni cuándo: como la tromba de agua de un gran dique roto que rápidamente deglute poblaciones y campos sin que los moradores reparen en ella hasta que les es bien audible el creciente y aciago rumor, cuando ya no podrán escapar; como esa muerte imprevista que atrapa a quien menos lo espera, al que ignora los años que llevaba acercándose a través de un sendero invisible y oscuro y distinto del nuestro; como esa compañera adventicia y discreta, desdeñosa y siempre un poco distante que sólo presentiremos, cuando ya casi nos roce, en el aceleramiento de una palpitación que tomaremos por nuestra y le pertenecerá más a ella; como esa muerte, sí, como esa muerte que va por su propio camino trazado hace siglos y que sólo nos sale al encuentro cuando sin percatarnos nos deslizamos nosotros en él y así penetrando en su dimensión cenicienta y voraz y siempre y entonces extraña y remota nos integra o disuelve o nos quita de en medio; como esa mujer sorda, ciega y sin tacto que desconocemos, de la que nunca podremos hablar y cuyo recuerdo imborrable nos exigirá el espantoso tributo de olvidar lo demás; ...de igual manera el desperezamiento opaco, laborioso e informe del ejército buscaba en Louvet su desagüe, tanteaba su vertedero, le designaba para precipitar sobre él su recalentada descarga, le elegía para grabar en su frente la señal manifiesta de su inmenso, insistente e imperturbable poder.

El coronel, como si dudara de si el giro que había tomado su alocución era infatuado y pomposo o por el contrario sublime y avasallador, se detuvo y articuló algunas sílabas inconexas (agudamente acentuadas) para a continuación balancearse ligeramente sobre sus talones adelante y atrás (las manos rosadas en la mesa apoyadas) a modo de pausa o de transición.

—Una carga fallida: ese fue el marco de su aprendizaje y consagración. Una carga contra las Tres Flechas a las órdenes del gran Poniatowski, cuya poco envidiable misión consistía en atacar por detrás con el grueso de la caballería aquel reducto imponente y bien guarnecido. El riesgo y las dificultades que la operación entrañaba le hicieron mostrarse cauteloso, indeciso, y cancelar por dos veces las instrucciones ya dadas para sustituirlas por otras, casi opuestas en la primera ocasión, en la segunda vacilantes, mal enunciadas y ambiguas. Mientras tanto la batalla iba desplegándose rápidamente en los otros dos frentes, y los jinetes empezaban a impacientarse al ver que el momento previamente indicado para que se produjera la carga se disipaba sin que ésta tuviera lugar. Louvet, en cabeza, aguardaba con exasperación el instante de participar finalmente en una acción concertada y masiva: su caballo, instigado por él, se revolvía sobre sí mismo contagiado de su sanguinolencia exultante, tentando bruscas arrancadas y quiebros a la espera del espoleamiento definitivo, sin miramientos, brutal, que desde hacía ya varios minutos se insinuaba inminente dentro de su inagotable demora. Poniatowski, el Bayard polaco, trémulo de fiebre y titubeante, reflexionaba. Las cabalgaduras, nerviosas e irritadas, recalcitraban, piafaban. La tensión de los hombres, al tiempo, cedía y se diluía. Por fin, ensartando la bruma y el vaho, sonaron las voces encadenadas, resolutas, imperativas: hubo una espontánea e improvisada reordenación de las filas, demasiado dispersas ahora, en exceso ausentes y apaciguadas: los corazones más jóvenes batieron con fuerza, los oficiales se calaron un poco más los morriones y desenvainaron haciendo innecesariamente entrechocar los metales, todas las filas se irguieron; altisonante, confusa, se oyó la orden de ataque, y entonces empezó a formarse una nube de polvo, denuedo y calor que fue ascendiendo paulatinamente desde los cascos de los caballos hasta los muslos de los jinetes a medida que unas líneas, al desplazarse, invitaban a las siguientes a avanzar y ocupar su lugar, y que el trote, en virtud del trabajoso pero regulado crescendo de todo impulso remolón e inicial, se iba acelerando mecánicamente. Y como el polvo que enturbiaba la aurora, también el retumbar aumentaba y se hacía a cada segundo más profundo y más uniforme: las tropas compactas marchaban al trote y adoptaron un ritmo de dáctilo, amenazador, machacón; y trotaban, trotaban, trotaban, trotaban. Louvet, abriendo la carga, se despegaba unos metros del bloque para acto seguido remitir y frenar, dejarse de nuevo engullir por el tinte azulado de sus camaradas y a continuación distanciarse otra vez: adelante, siempre su empuje le llevaba adelante sin que nadie le pudiera sobrepasar; y mientras él sorteaba hábilmente los tocones de árboles que emergían del suelo como enormes cabezas de condenados asiáticos, algunas monturas comenzaron a tropezar arrastrando consigo a sus dueños en aparatosos derrumbamientos y revolcones masivos. Por el contrario Louvet, imbuido de esa concentración tan intensa que otorga el anhelo, apretaba más bien el paso; y cuanto más velozmente corría, mejor manejaba las riendas de su jaspeado caballo, bordeando con desenvoltura, como un artista circense o un bailarín metamorfoseado, los obstáculos que el endemoniado terreno le presentaba. De nuevo la voz monosilábica, empañada, aspirada, resonó entremezclada con los murmullos de aliento que las cabalgaduras y los jinetes, en forma de resoplidos los unos, de imprecaciones secretas los otros, mutuamente se prodigaban; y Louvet... Louvet espoleó aún más su montura emprendiendo el galope en lo que él entendió como el apogeo de la dilatada carga: a tres cuerpos de los demás cuando acometió su trascendental carrera, fue exigiendo a cada salto adelante mayor rapidez o tal vez fue incapaz de embridar los ímpetus de su animal desbocado. Y sólo cuando el verde cercano de los uniformes contrarios surgió con rotundidad tras el humo y la polvareda, obligó a resbalar al caballo en un alto y volvió la mirada: sus compañeros, sus subordinados, a una distancia ya mucho mayor de la que le separaba de los cosacos, estaban inmóviles o se replegaban hacia su campo: nadie en cualquier caso le había seguido, la carga se hallaba interrumpida, anulada, tan sólo él había atacado. El Bayard polaco se había arrepentido otra vez, las dudas le habían vuelto a asaltar. Y Louvet, con los ojos agigantados empapados no se sabe si de gloria o espanto, con el sable en la mano inclinado hacia abajo y sumiso, todo el tronco torcido, volteado hacia atrás y un estribo perdido en el súbito giro, penetró en otro tiempo, ¿comprende?, un tiempo distinto que no conocemos, nada tiene que ver con el nuestro: una vaharada de irremisión salida de su propia boca debió de envolverle mientras sus vítreas, agrietadas mejillas despedían un reflejo encerado e intoxicante, y en aquel momento se unió al sino latente, impasible y perenne de nuestra corporación, que cristalizaba con él por enésima vez lanzando destellos refulgentes y efímeros, verbosos (fíjese) así que jaculatorios, para en seguida recluirse de nuevo en su zona de inmanencia y de sombras y volver eternamente a empezar. Y él, Louvet, dirigió su montura a galope tendido contra los cañones rusos de las Tres Flechas. Desde la lejanía se le vio llegar hasta allí con el brazo derecho extendido, como una estatua ecuestre dotada de movimiento y pasión, sin que lo abatieran ni se produjera un solo disparo; y a continuación, tan fugazmente como al pretenderse vigilar la inaprehensible conducta de un instante aislado, se vislumbró tan sólo el caballo y después nada más. Y cuando los tumefactos despojos del ejército ruso, escasos, maldicientes, vencidos y pese a todo en buen orden se retiraron como un enigma insoluble al ponerse el sol, el erudito Louvet marchaba con ellos...

El coronel tomó asiento e hizo girar con tal fuerza el globo terráqueo que adornaba su mesa que a punto estuvo de derribarlo: tan decidido y enérgico fue su manotazo.

—Yo tengo para mí que Louvet fue un valiente: tengo para mí que el Bayard polaco, asediado por las temperaturas aquella madrugada, ordenó detener la ofensiva al ver cómo los tocones y los maderos que poblaban el campo trababan las patas de las cabalgaduras y causaban numerosísimas bajas innecesarias. Sepa usted que unos minutos más tarde la verdadera carga tuvo lugar al trazarse un complicado rodeo y atacar el reducto de flanco (con éxito muy relativo, dicho sea de paso). Sí, tengo la convicción absoluta de que Louvet fue un valiente y un militar ejemplar, y sin embargo la plana mayor de la Grande Armée, escarmentada y dolida, susceptible y confusa por la acumulación de descalabros y sinsabores que sin atreverse a mirar entreveían quizá como merecidos, no lo juzgó de este modo: el hecho de que no hubiera disparos por parte de los cosacos mientras él cabalgaba hacia ellos con el sable empuñado y ofreciendo un buen blanco, la escandalosa denuncia que hizo Chambray del favorable trato dispensado a Louvet durante su cautiverio (a lo largo del cual los demás prisioneros le habían visto cambiar impresiones, departir, *confraternizar y colaborar* a menudo con Wittgenstein, Phull, Clausewitz: ¡sus iguales!): ambas irregularidades, unidas a los pequeños fracasos tácticos del erudito antes de Borodino, que ahora se consideraron a una luz tendenciosa y malsana, levantaron la infundada, grotesca y miope sospecha de una traición: de que pudiera haberse pasado al bando enemigo en plena batalla y con premeditación. Y cuando Louvet volvió a su patria ya liberado, se le formó un consejo de guerra del que sólo sabemos que salió condenado. No hay dato ninguno sobre la clase de pena que le fue impuesta: no existen pruebas de que se le fusilara, tampoco de que se le deportara como vamos a hacer con usted (¡al islote de Bormes!, ¿comprende?; ¡por siempre jamás!). Nada sabemos porque el ejército no admite los casos dudosos ni es cognoscible, y allí donde asoma su esencia demasiado relampagueante para ser contemplada, no caben más que la indiferencia, el disimulo, la omisión y el silencio si se aspira a mantenerlo intacto y con vida. Cuando así se muestra su naturaleza terrible, mejor no intentar aprehenderla, mejor no enterarse de ella. Porque nada sabemos, nada en efecto sabemos, y no obstante fíjese en que gracias a ello y a no averiguar nos es dado conjeturar, cavilar, incluso decidir sobre lo que fue de Louvet con la máxima libertad. ¿Lo ve usted? ¿Lo comprende? Consulte, vaya a mirar en los libros: le mentirán tanto como yo le pueda mentir; tan equivocada al respecto y a todo se encuentra la Historia como lo pueda estar yo, porque su saber es idiota, irrisorio, parcial, consanguíneo del mío, con el agravante de que no se sabe contradecir ni modificar, traicionarse ni negarse a sí mismo, apuñalarse como yo me apuñalo una y otra y aun una vez más. Esos libros escritos con el firmísimo pulso del que nada conoce y la pretensión de enseñar le contarán que Bonaparte entró en Rusia en agosto y que no hacía frío, sino un insoportable calor; que los contingentes de la fuerza invasora eran apabullantes, inmensos, y que la moral de las tropas, lejos del resquebrajamiento, el cansancio o la abulia, era tan elevada o más que el año 93; que antes de Borodino no hubo enfrentamientos de envergadura y apenas escaramuzas, que los soldados franceses sólo conquistaban cenizas y espacio desierto; también le dirán que no era el gran Poniatowski quien aquella mañana se hallaba febril, sino el propio Napoleón... y no le hablarán de Louvet. Un docto traidor cuyas obras mediocres consume el olvido, así lo verá mencionado en algún documento de archivo. Y sin embargo aquello fue como yo se lo cuento. Tengo para mí que en aquellos instantes anteriores al éxtasis, Louvet no supo o no quiso distinguir las voces de alto y creyó que se encomendaba la galopada final; y que cuando se dio cuenta de lo que sucedía (e ignoro si desde su cúspide en realidad se la dio), ...cuando deslumbrado y perplejo le cupo la duda de si el acto de indisciplina, la contravención, el error, lo habían cometido los otros al retroceder o él mismo al no frenar y avanzar, prefirió la embestida furiosa y la muerte (petulante, retorcida, ampulosa, que no se deja buscar) a volverse atrás. Supo entonces sin vacilación, una vez tomada la decisión y al fundirse con la trágica esencia de nuestra corporación... esa esencia que a nosotros nos huye... cuanto se pueda saber, cuanto es imposible saber; y sin embargo, al mismísimo tiempo no quiso ya probar más de nuestro conocimiento empobrecedor y parcial: desdeñó desde las alturas toda falta de plenitud y no pudo transigir con lo humano. Y no estoy seguro, a la postre, de si temió el desengaño posible, insoportable y total del mundo incompleto que acababa de abandonar o si no le interesó ya conocerlo tal vez... Ni siquiera, fíjese, tuvo que renegar de él: la separación entre ambos fue espontánea, fácil y natural, no fue producto, ¿comprende?, de ninguna, de ninguna voluntad...

El coronel se interrumpió y se quedó pensativo: con el

pulgar y el corazón de la mano izquierda sobre las negras ojeras, negras como la pez, me miró con fijeza y pausadamente añadió:

—No sé si sabiendo, ya no quiso saber.

Portento, maldición

I

La primera impresión, claro está, ha sido desastrosa. Cierto que ya me habían advertido, pero no esperaba encontrarme con semejante exageración; y además, de su carácter, que por desgracia adivino, nada se me había dicho, ignoraba que se tratase de un fatuo. Lo veo, es algo manifiesto que me va a hacer la vida imposible, y no porque no pueda evitarlo, porque esté implicado (que lo está) en su sola existencia, sino porque sin ningún género de dudas lleva esas intenciones dentro de su cabecita; ese braquicéfalo, capaz de pensar pese a todo; de ideas luminosas: de eso es de lo que, con certeza, está poblada. Luminosas, resplandecientes, exigentes, un prodigio y un hallazgo. Y además es presumido: si fuera mujer, se tendría por una beldad, y he de decir que aun con todos los sinsabores que semejante condición me podría acarrear en el futuro, lo preferiría. ¿Quién lo habrá engañado? ¿O es que acaso es dueño de una voluntad omnipotente capaz de convertirlo todo en sentido, en convicción, en ley? Así ha de ser, de otra manera ya habría puesto fin a su vida; pero debería comprender que se sale de lo corriente y optar por el término medio, moverse en ese terreno donde todo es cuestión de vocabulario, donde no es difícil pasar inadvertido y donde, desde luego, las maldiciones son mucho más llevaderas. Ni siquiera me acuerdo muy bien de cómo se llama. ¿Y para qué? Tendré que ponerle algún apodo, es lo que se merece. De esa forma irá aprendiendo y sabrá quién toma las decisiones. Pero, aun con todo, me va a hacer la vida imposible, de eso estoy completamente seguro. Lo lleva en la sangre, esos ojitos que sin oposición ni lamento se dejan invadir por los párpados y las mejillas me lo han dicho con franqueza, a pesar de que miraban amistosamente y con un poco de coquetería. Debe de tener bien aprendida la lección, sabe a lo que se expone, no carece de experiencia. Esquivar, esquivar, en eso consiste su estrategia y su carácter: preocupante no es, no es esa la palabra justa, aquí no hay cabida para las medias tintas y matices: es un fenómeno, un energúmeno; y además es un traidor, la sonrisa así lo proclama; y no por ser desenfadada es menos ostentosa. Poco podía yo imaginar esto ante la pila, cuando fui su padrino. A las primeras de cambio, en cuanto me descuide, me quemará los papeles, roerá las puntas de los visillos, aserrará tres patas a una mesa, me hará tropezar para reírse de mí. ¿Qué puedo hacer?

II

Hoy le he visto saltando a la comba en el jardín. Lo hacía excesivamente mal, más que otra cosa provocaba hilaridad, y en vista de que en esos momentos su situación con respecto a mí era de absoluta desventaja y nada podía temer de sus desplantes (ni de sus impertinencias y sarcasmos, que nunca utiliza para defenderse, sólo para atacar), me he atrevido a interpelarle y me ha contestado, con aplomo y sin titubeos, que quiere ser boxeador. Al parecer, entre sus cosas, que en su mayoría están aún por llegar, hay un punching bag. Le he preguntado si no le cansaba hacer tanto ejercicio y me ha respondido que no, y que además así adelgaza. Por lo menos sabe (y lo que es más importante, no lo niega ni se hace el loco al respecto) que es gordo y no se ofenderá tal vez si le hago bromas acerca de su disparatado volumen; estas alegrías son las únicas que hoy por hoy me pueden distraer de mi condena. También he observado que bebe grandes cantidades de líquido, pero en cambio, en contra de lo que había supuesto, no le gustan los dulces. Su grasa debe de tener un origen endocrino; pobre, al pensarlo, mi firmeza se tambalea: a lo mejor, después de todo, él no tiene la culpa. Pero me indigna verlo así, me dan ganas de zarandearlo, de abofetearlo, incluso de darle patadas en los muslos. Los tiene tan anchos que al andar se rozan entre sí y producen un ruido semejante al del frotamiento rítmico de dos telas bastas. Más le valdría llevar pantalones largos. Lo que sucede es que tendría que acompañarle yo a comprárselos y me da vergüenza salir a la calle con él; aunque algún día me veré obligado a hacerlo, no puedo confinarlo a la casa y al jardín. Y de una vez por todas he de hacerme a la idea de que esta situación no es temporal, no se trata de algo pasajero, ¡hélas!: lo voy a tener siempre conmigo, soy lo único que le queda en todo el mundo. He de reconocerlo: él tiene la totalidad de sus esperanzas depositadas en mí.

III

Por fin (confesaré que tras largas reflexiones y vacilaciones, a cual de índole más penosa, sí) me he decidido a seguirle en sus paseos por los campos de los alrededores. Y ya sé por qué va siempre vestido de negro, gris o azul marino: se cae, ¡se cae con muchísima frecuencia! Más o menos cada veinticinco pasos. Y la única solución para que la ropa no se le vea excesivamente sucia es llevarla de tonos muy oscuros. No me había dado cuenta en todo este tiempo, pues hasta ahora casi siempre lo había visto quieto, por lo general desplomado en un sofá y enfrascado en sus abominables lecturas. No sé qué le podrá suceder, pero a él no parece preocuparle en absoluto: ni me lo ha comentado ni me ha pedido que lo lleve a un médico. Cada vez que se caía el espectáculo era excelente; lo he observado con mucha atención, y no tropieza, ni siquiera con sus propios pies; simplemente se cae (o quizá se deja caer agotado por el esfuerzo de caminar, aunque esto, bien mirado, es imposible: de ser así no saldría a dar paseos; y en ningún momento parecía fatigado). Sí, se cae, y si el terreno presenta algún desnivel o inclinación, rueda un par de metros. No se levanta inmediatamente, como sería de esperar, sino que una vez en el suelo permanece allí desparramado como si comprobara con regocijo la infalibilidad de la regla o contemplara con serenidad la puesta en práctica de su sino; pero, transcurridos estos segundos iniciales, da comienzo a una serie de agónicos movimientos que nunca son los mismos. Visto el gran número de caídas que sufre, lo natural sería que ya hubiese hallado un método gracias al cual le resultara sencillo incorporarse y que lo empleara siempre; y sin embargo no es así, cada vez intenta levantarse de una manera distinta. En una ocasión ha tratado de hacerlo estando boca arriba y sin ayudarse de las manos, a la manera de los atletas; le ha costado mucho, pero, inexplicablemente, al final lo ha conseguido. En otra, ha pretendido girar sobre el suelo para, aprovechando el impulso de sus propias vueltas, alzarse impetuosamente con el rostro enrojecido, no sé si por el esfuerzo o por la emoción. Debería decirle que la manera más fácil es: poniéndose boca abajo y apoyando las manos en el suelo. Pero si lo hiciera se enteraría de que he estado espiándole y podría imaginarse que me intereso por él. Y ya es bastante vanidoso, ya es bastante vanidoso. No lo puede ser más.

IV

He descubierto que lee biografías. ¡Biografías! ¿Qué gusto les encontrará? Tiene la habitación literalmente atestada de biografías, algunas, además, noveladas; hay varias de Metternich, me ha parecido ver por lo menos dos o tres; y otras de personajes tan irrelevantes y secundarios que ni siquiera estoy muy seguro de saber quiénes son: el emperador Jacques I de Haití, Carmen Sylva, el barón Jomini... Tal vez no las lea y simplemente las coleccione; eso podría explicar su nauseabunda indiscriminación. También tiene algunos libros de teatro, pero son todos muy malos, y las ediciones tan arrastradas que no dejan de llamar un poco la atención. Debe de ser comprador de quioscos. Ayer, para probarle, le ofrecí un tomito de poesías de Querubin y otro de Valéry y me los desdeñó. Me dijo que no le interesaban en absoluto, y al preguntarle yo por qué, me dio la espalda y prosiguió su lectura sin contestarme. Durante unos segundos de estupor dudé entre derribarle al suelo, sobre la alfombra, y golpearle hasta hacerle vomitar una respuesta o marcharme sin hacer ningún comentario. Finalmente opté por lo segundo, y lo cierto es que estoy arrepentido de mi presurosa decisión: ahora se envalentonará y se permitirá no responderme siempre que se le antoje. La única manera de impedir que semejante actitud se convierta en un hábito es no hacerle más preguntas, no dirigirle la palabra, ignorarlo. Me atrevería a presumir que tal medida acabaría por destrozarle los nervios y llevarle a una conducta diametralmente opuesta si no fuera por que la soledad y el silencio no parecen afectarle demasiado: se las arregla bien a solas. Tiene la cabeza hueca, eso es lo que le ocurre, aunque las notas que todos los meses se molesta en enseñarme como si a mí me interesara verlas parecen decir justamente lo contrario; debe de ser muy aplicado. Y he de reconocer que jamás me pide ayuda para nada.

V

Lo peor son las comidas. Ahora son más insoportables aún si cabe. Ya se ha dado cuenta de que yo hago lo inimaginable por no sentarme a la mesa hasta que él ha terminado, y ahora, después del postre, desdobla un periódico y se pone a hojearlo con desinterés para no abandonarlo, empero, hasta que yo he puesto punto final a mi almuerzo y enciendo un cigarrillo (con la intención de ahumarle y ahuyentarle, no tolera el olor). Y así, mientras él come solo y durante ese acto sin duda trascendental para sus humores goza de intimidad y no se ve importunado por nadie, yo me veo obligado a soportar sus miradas opacas, tanto más irritantes cuanto que nada revelan. Está mucho más atento a mis movimientos que al diario que con enorme soltura maneja entre sus manitas de cera; lo sé muy bien porque a veces, cuando no me queda vino en la copa, acerca con disimulo la botella hasta mis dominios; o si he acabado el primer plato, empuja la bandeja del segundo hasta que ésta tropieza con mi codo. Y juega con mi servilletero. Parece que se impacientara, que estuviera deseoso de despejar la mesa para utilizarla él; pero no, cuando he terminado se limita a quitarla sin la menor diligencia, y a continuación se queda merodeando a mi alrededor completamente desocupado, como si no tuviera otra cosa que hacer que vigilar mi digestión. He de variar mis costumbres: de ahora en adelante volveré a comer al mismo tiempo que él, será mejor que me acompañe a pesar de su estúpida cháchara banal. Al menos de esa manera estaremos en igualdad de condiciones y yo no me sentiré tan cohibido por su presencia, pues ciertamente la opinión que uno pueda merecerle al otro en esos momentos delicados de la alimentación no será tan severa como la que él debe de albergar acerca de mí en la actualidad: ambas, en cierto modo, quedarán suspendidas al verse amenazadas por el juicio del otro comensal. El diario que siempre lee es deportivo.

VI

Hoy ha regresado del veraneo; viene muy tostado por el sol del sur y con ropa de colores claros que, al parecer, le han regalado, como a los demás, los responsables del coro, sus amigos y protectores. Me ha traído un fósil envuelto en un pañuelo de carísimo madapolán, y lo único que se me ha ocurrido ha sido ponerlo encima de mi mesa de trabajo a guisa de pisapapeles. Antes de la cena he ido a su cuarto para devolverle el pañuelo y, tras decirme que no tenía apetito y que hiciera el favor de no esperarle, se me ha quedado mirando torvamente: no quiero pensar, por su propio bien, que con desprecio. No debe de haberle gustado la misión que le he encomendado a su piedra, pero ¿qué quería que hiciese con ella? ¿Para qué necesito yo un fósil? Y, además, ¿por qué me tiene que hacer regalos? ¿Acaso le he hecho yo alguno? Jamás. Yo nunca le he dado nada que no fuera imprescindible, que no entrara en mis obligaciones; ahora supongo que estoy en deuda con él y tendré que hacerle un obsequio. Ya está: le regalaré una biografía de Ponce de León; o si no, un estuche con compás, tiralíneas y bigoteras, para que se distraiga con provecho. ¿O quizá un disco de 33? ¿Una caja de insectos? ¿Un uniforme? ¿Un disfraz de torero? ¿O tal vez algo más útil, por ejemplo un albornoz? Lo más probable es que, por provenir de mí, nada de lo que le lleve sea de su agrado. Intuyo que hasta sería capaz de (a escondidas y después de recibir el presente con indiferencia) salir a la calle y comprárselo de nuevo para más tarde, cuando la devolución fuera ya infactible, comunicarme que había olvidado que desde hacía tiempo tenía uno igual; tanto tiempo que lo había olvidado. Este temor me fuerza a devanarme los sesos sin justificación y a pensar en algo único que sus múltiples recursos no sepan imitar ni repetir.

VII

Ya sabía yo que un día de estos iba a depararme alguna sorpresa; llevaba cerca de una semana inquieto y desasosegado, evitando encontrarse conmigo para así no exponerse a caer en la tentación de formular verbalmente el ruego que me tenía reservado; aplazando el momento de dar *un* primer paso, de hacer su petición y de, con ello, reconocer final y abiertamente que aunque las apariencias estén muy lejos de subrayarlo, se halla a merced de mis designios y mis órdenes. Hoy ya no ha podido eludir el compromiso, tal vez porque desde el exterior le han presionado, impacientados por la demora injustificada, por el incumplimiento de lo prometido. Parece que, en contra de mis previsiones, incluso de mis vaticinios y deseos, no se ve rehuido en demasía: puede que posea algún encanto o aliciente que yo he sido incapaz de apreciar o descifrar, pues para encontrárselo hace falta sin duda una concepción en cierto modo matemática del mundo, habilitada para convertirlo todo en módulos y en congruencia. Debe de cumplir con unos requisitos muy difíciles de reunir, pero ignoro cuál podrá ser la combinación deseada para que él, precisamente él, haya logrado proporcionarla. Le he dado permiso y calculo que he hecho bien: así me estará agradecido por mi magnanimidad y se verá en la obligación moral de demostrarme su gratitud de alguna manera que yo mismo me encargaré de sugerirle y que tal vez consiga devolverme parte, al menos, de mis energías. Sí, parecerá un contrasentido, pero le he concedido lo que anhelaba. Y además, lo he hecho con gran astucia y no poca elegancia, como si en realidad me extrañara sobremanera que me pidiese permiso para semejante bagatela. Y sin embargo, ¡ay de él si no me lo hubiera pedido!

VIII

Hacía casi tres años, desde que él llegó prácticamente, que nadie entraba por la puerta de esta casa. La desbandada fue general y no hubo gratificantes excepciones. Han llegado todos juntos, debían de haberse citado previamente en una esquina o (quién sabe) en un café; han pulsado el timbre con más fuerza de la indispensable y yo me he apresurado a ir a abrir para echarles una ojeada, aprovechándome de una caída del energúmeno, que ya se precipitaba hacia la entrada con gran alborozo. He hecho bien, porque luego me ha resultado imposible atisbar ni oír nada. Y además he de confesar que, pese a estar al acecho, tampoco me he enterado de en qué momento se han marchado, tan sigilosos han sido. Eran tres y parecían normales; su aspecto era un poco desaliñado, pero normal dentro de todo, consecuencia de su ingrata edad. Uno de ellos, en eso me he fijado, lucía bigote, y los tres llevaban cajas bajo el brazo, aunque no he conseguido ver qué clase de cajas eran ni qué forma exacta tenían. Al principio pensé que tal vez fueran instrumentos musicales y que venían dispuestos a acompañarle en sus ensayos, pero no, en toda la casa no ha sonado una sola nota; en consecuencia no sé qué es lo que habrán estado haciendo. Y me muero de ganas de saberlo. Esta noche, durante la cena, se lo preguntaré, y como me debe el favor no osará negarse a contestarme. Y si se niega, tomaré medidas muy severas y esta vez ya me cuidaré yo de que no pueda esquivarlas. Pensándolo bien, el castigo se lo tiene ya más que merecido: debería... ¡sí, debería haberme presentado!

IX

Ya no sé qué hacer. Cada vez hay más fiestas, se suceden sin apenas interrupción, mi vida en la actualidad transcurre en medio de una fiesta a la que por lo demás no se me ha invitado; aunque sería más propio decir *junto* a una fiesta; me siento como el inquilino del piso contiguo al del insaciable anfitrión, como ese inquilino que sufre tanto de insomnio como de envidia; a veces, lo más, como un vecino que no tanto a causa de sus méritos o encantos personales cuanto de su proximidad, ha ido a parar por accidente al vestíbulo, ha llegado hasta la antesala de la fiesta probablemente animado a pasar en el momento culminante por algún personaje que de manera indebida se ha arrogado el derecho a convidarle de una forma verbal e improvisada, sobre la marcha; como ese vecino que, sin embargo, no se atreve a acceder: remolonea en el umbral especulando con su suerte, aguardando una insistencia que en aquel ámbito le dote de identidad para, finalmente, rehusar. Y lo más indignante es que las fiestas, bien mirado, no son tales a pesar de los inequívocos preparativos; quiero decir que en ellas (o junto a ellas) no se puede pasar inadvertido; las conversaciones, escasas e infrecuentes, se celebran en voz muy baja y nunca entre más de dos personas a la vez. Si alguien habla, los demás prestan atención y no intervienen hasta que un nuevo tema se ha propuesto y se ha efectuado el reparto de papeles. Se diría un seminario. Todo esto lo infiero del tono de las reuniones, lo único que puedo percibir: la puerta permanece invariablemente cerrada con pestillo y, cuando llamo, el silencio se va haciendo de manera acompasada: el diálogo o el discurso quedan al instante interrumpidos y dan paso a unos murmullos que yo calificaría de deliberatorios para que, finalmente, *sólo* su voz se eleve (de un modo que delata el carraspeo previo, la artificialidad) y pregunte: ¿quién es?, sabiendo a la perfección que *sólo* se puede tratar de mí. El otro día, en lugar de dar la consabida respuesta y agregar un requerimiento o una petición superflua y rebuscada que nunca logran sus propósitos de justificar mi acción, me quedé callado y volví a golpear la puerta con los nudillos para forzarle a abrir. Así lo hizo, pero con tanta cautela y avaricia que únicamente me fue permitido ver uno de sus ojos color sepia y un considerable volumen de carne que debía de pertenecer a su mejilla derecha. Sin embargo, algo saqué en limpio: su mirada, dentro de la inexpresividad habitual, denotaba por una parte soberbia y por otra temor. Este último sentimiento es lo único que todavía puede salvarme, y yo, víctima del escepticismo, había descartado su existencia.

X

Si *sólo* se trata de un problema de cotidianeidad, entonces estoy irremisiblemente perdido, pues nada se puede hacer para solucionarlo; mi esperanza es que, por el contrario, *sólo* pueda resolverse desde las alturas más sublimes, mediante un gran salto (en el vacío, sí, pero matemáticamente calculado) que me haga estar donde está él y le obligue, al ver invadido su propio espacio de terreno y ser él un personaje que no puede admitir más que su opuesto, a trasladarse al único-otro lugar donde aún sería capaz de sostenerse en pie, donde todavía podría seguir vistiendo sus galas y satisfaciendo sus pruritos como si nada hubiera sucedido. Pero si una vez en ese lugar, el que yo ocupo y me corresponde según la ley y la tradición, todo efectivamente continuara *como* si nada hubiera sucedido, ¿habría sucedido algo en realidad? ¿Habría servido de algo el trabajoso y aventurado intercambio habida cuenta de que ignoro, aún hoy, quién goza de la posición más favorable, de privilegio? ¿De que no sé si su malestar, por no decir inaudito tormento, es superior o quizá inferior al mío? ¿Y de que él, en tanto que morador de mi morada, podría verse tentado (aún es más: obligado) a llevar a cabo la misma, idéntica operación más adelante, anulando así los siempre dudosos efectos de mi arriesgada maniobra? Todos estos interrogantes llevan implícita la respuesta en su propia formulación; todo este desconocimiento de las circunstancias sólo tiene de ello la apariencia, con la que yo trato de revestir de ignorancia algo que, precisamente al poder constatarse como tal, ha dejado ya de serlo. Estos párrafos, por tanto, huelgan.

XI

La brillantez con que ha ganado el concurso me da que pensar. No es que dudara de sus condiciones, menos aún de su buena y concienzuda preparación; de hecho tengo que reconocer que aun cuando no estaría en modo alguno dispuesto a concederle el adjetivo de excelente, su voz no es mala. Considerando los términos y la índole de nuestra relación, lo consecuente habría sido que me hubiera resultado imposible soportar sus afanosos ensayos, plenos de tenacidad, que se prolongan monótonamente a lo largo del día sin apenas pausa ni cesación; y sin embargo, puedo afirmar que si bien tampoco me llaman lo suficiente la atención como para prestarles oído, han llegado a formar parte de los sonidos naturales de la casa, como el tictac del reloj, los cambios de humor de la nevera o los timbres de las bicicletas que circulan por la vecindad; es decir, me pasan inadvertidos. Sólo cuando practica el tremolo o el vibrato con excesivos denuedo y rigor logra que mis pensamientos, alarmados por los alaridos, se distraigan y confundan. Esta tolerancia para con sus ensayos, tan sesudos, se vio no obstante disminuida tras tener ocasión de contemplarle un día, de manera absolutamente accidental, en medio de su conmoción. Deambulaba yo de un lado a otro del jardín aprovechando el magnífico sol para examinar un documento al aire libre cuando, al pasar junto a la ventana de su habitación, su voz, que hasta aquel momento había desatendido como de costumbre pese a su insistencia en hacerse notar, produjo una fuerte vibración en los cristales, sobresaltándome. Me detuve y, a escondidas, atisbé el interior del cuarto: lo primero que vi fue un gran desorden; los libros yacían amontonados en pilas de gran altura, algunos desparramados por el suelo; una silla estaba caída y todos los cuadros ladeados; algunas gotas de leche se habían vertido sobre la alfombra. Y allí estaba él, enorme, provocador, inmerso en los dominios de la vanagloria y probando el alcance de sus facultades: semidesnudo, con tan sólo una camiseta que a duras penas le llegaba a la cintura, tenía los brazos extendidos hacia adelante, las cortas manos carnosas insuficientes para expresar toda la turbación de su despliegue; con una rodilla apoyada en la alfombra, su pasión contrastaba con los innecesarios e inverosímiles esfuerzos que se veía obligado a hacer para, desde su encogida posición, pasar las hojas de la partitura sin perder el equilibrio (el atril se encontraba a la altura del pecho de una persona que está de pie). Su cuerpo, amarillento y rebosante, se tambaleaba de un lado a otro con pesadez acompañando la intensidad de las sucesivas notas, proferidas con inagotable sentimiento pero privadas de toda razón. Era la imagen de la desmesura y el derroche, de la enajenación y el pavor. Sudoroso, desgañitándose sin que nada le importara o concerniera, sin duda se había olvidado hasta de su propia existencia en aras no tanto de la música que interpretaba cuanto de la dificultad que, por su propia voluntad, entrañaba la escenificación. La voz (hasta entonces siempre mediada y velada por pasillos, puertas y salones), de una potencia que escapaba a mi comprensión, no parecía provenir de su garganta, invitaba a suponer un fraude; pero la certeza de que efectivamente era suya me hacía penetrar en el reino de la incoherencia y me golpeaba la cabeza como un mazo empuñado por la sinrazón. Sus carnes blandas, llanas, incapaces de alcanzar el retorcimiento a que aspiraban, se conformaban con el suave balanceo que como único resultado daban sus pretensiones de agitación. Así, el encrespamiento de la voz no se dejaba asociar a la molicie de la figura, gruesa y extraña, sin edad ni género, en verdad ajena al entendimiento. Si en aquellos momentos él hubiera reparado en mi presencia, si tan sólo la hubiera adivinado o intuido, no sé qué habría sido de mí. Tal vez, sumido en el trance, mi persona habría resultado inasequible a su percepción, y en el mejor de los casos sólo habría atinado, tras vislumbrarme, a desvanecerse, acongojado por la revelación de una objetividad inopinada con la que no había contado. Tal vez no, tal vez se habría abalanzado sobre mí y me habría destrozado sin por ello interrumpir el canto: sí, sus movimientos demoledores se habrían acoplado a la melodía y yo habría pasado a formar parte de la representación, único ámbito en el que podría habérseme dotado de sentido. Tras esta visión, lo natural, en efecto, habría sido que desde entonces ya no hubiera podido soportar sus estentóreos y vertiginosos vibratos: que me hubieran traído a la memoria la imagen de su espantosa transformación. Si no es así, ello es debido a que la escena sufrió una alteración y obtuvo un desenlace que cambiaron su signo en mi recuerdo, confiriéndole un carácter más benigno: en medio de la jactanciosa dilación de su crescendo, cuando todavía el punto culminante estaba lejos, su rodilla flaqueó como la navaja mal clavada en la madera y cayó en tromba arrastrando el atril, la partitura, una silla y el colchón. Quedó tendido en el suelo, estupefacto; la cabeza, levantada, trataba de formar ángulo recto con el tronco en su vano intento de descubrir alguna causa externa que hubiera precipitado su aparatoso derrumbamiento, inesperado a todas luces esta vez. La partitura se había cerrado al caer. Entonces se levantó poseído de un rencor sin destinatario y, tras asumir el desbarajuste del contorno, inició de nuevo el despliegue aspaventoso y amenazador, no por hacerlo iracundo y ya sin fe con menos vigor, arrojo y exactitud.

XII

Todavía no salgo de mi asombro pese a que después de tantos años nada debería haberme sorprendido, menos aún después de haber comprobado que su estado habitual es el de enajenación. Bien es verdad que la posibilidad de un enfrentamiento explícito y directo no escapaba al círculo de mis conjeturas, pero tampoco es menos cierto que la tenía por la más remota de todas ellas: los prolongados años de taciturnidad, la convivencia (de manera inexpresa, pero) ya estatuida sobre la base del supuesto mutuo y de la arbitraria predicción que descarta lo predicho, la delimitación de los terrenos no por impuesta menos inviolable, la habían relegado al último lugar. Si hubiera seguido al pie de la letra los preceptos que rigen el futuro, no otra cosa se me habría aparecido más probable, semejante posibilidad habría pasado a ocupar el primer término, se habría convertido en la certidumbre inapelable de lo que me aguardaba; pero ¿cómo seguir esos preceptos infalibles sin con ello invalidar su contenido? Lo que más me duele es no haber sabido responder, enmudecido por la incredulidad, a su mendacidad y a su impudencia. Diríase falta de experiencia, más bien fue estupefacción desprevenida, disculpable en toda circunstancia, ¿no es así? Me comunicó, con un día de antelación, que deseaba hablar conmigo, tener unas palabras, pero se negó a especificar el tema hasta, según su propia expresión, haber meditado cabalmente lo que tenía que decirme. Veinticuatro horas más tarde comprendí que lo que había hecho durante ese tiempo no era meditar, sino memorizar: con el aspecto reluciente de quien se dispone a asistir a su primera fiesta, tan bien peinado, arreglado y compuesto como no lo había visto jamás, se presentó en mi despacho a la hora convenida y a mi provocador ¿y bien?, contestó sin ningún preámbulo con un discurso resoluto, desafiante, audaz, perfectamente elaborado, en el que se adivinaba la académica puntuación de la escritura y en el que, a lo largo de los quince minutos que duró, no cesó de acusarme, con la pedantería que los mismos términos proclaman, de iniquidad, contumacia, protervia y prevaricación. De esas cuatro cosas precisamente, esos fueron los sustantivos que utilizó. Expuso los motivos que le habían impulsado a aventurarse de aquella manera y se quejó de mi inaccesibilidad a sus prodigados detalles y a su evidente voluntad de acabar con los recelos y tensiones que ya hacían insufrible la enemistad. El texto recitado, salpicado aquí y allá de metáforas inútiles por su transparencia, era, sin embargo, arrogante y duro, estaba enteramente desprovisto de los tonos de la súplica, lo dictaba la exigencia. Las razones se sucedían ordenadamente y no faltó algún que otro silogismo de baja factura. Sus quejas, dentro de una exageración que lindaba con la falacia, no eran injustas ni disparatadas desde su posición; pero él ignora que desde la mía sólo son improcedentes y una desfachatez: aún no está en edad de comprender que me ha hecho la vida imposible, que su mera presencia es un tormento, que ha arruinado mi fulgurante y prometedora carrera, que además, con su alegato, no ha hecho más que agravar todo el asunto, que ahora ya es irremediable que acabe con él cuando llegue el momento, que por su culpa he sido víctima de la mediocridad y del desánimo, que sé muy bien que tras de su corrección se ocultan la perfidia y el rencor. No se da cuenta tampoco de que con su denuncia es ahora más endeble y vulnerable, que a mis ojos su prestigio se ha perdido para siempre; más que de prestigio habría que hablar de avasallamiento y tiranía, de inexpugnabilidad, de despotismo, de terquedad, de inmundicia y de impiedad. ¡Ah, el día que yo pueda hacer caer sobre ti todo el peso de la ley no escrita, ese día te arrastrarás jadeante ante mis pies y lamentarás cada palabra pronunciada en medio de tu locura precoz!

XIII

Insospechadamente se me ha afeado mi conducta; sólo ha sido una tímida insinuación no exenta de respeto, pero ha bastado para que el pálido y exiguo velo del disimulo cayera hecho jirones, dejando al descubierto su recóndito afán; se me ha afeado mi conducta para con él, y ese es el resultado de haber permitido que una desconocida al fin y al cabo penetrara en mi casa y en mi intimidad y gozara de una confianza otorgada sin cortapisas ni recelo que ahora me veré obligado a retirarle: haciendo caso omiso de los atenuantes, de sus invocaciones a un ayer que ya carece de memoria, y a pesar de su bisoñería. No puedo ser condescendiente con ella, y sus visitas deben cesar inmediatamente, tocar a su fin definitivo antes de que sus descabelladas proposiciones lleguen a oídos de él y encuentren un eco no por mitigado enteramente inocuo. No hay mayor peligro que el de la connivencia. Yo, al hacerle mi narración, no le pedía ni su interpretación ni su opinión, ni tan siquiera comprensión: sólo, si acaso, solicitaba un interés por mi persona que, por otra parte, parecía ya haber manifestado en algunos campos de manera bien sobrada; fue eso, su tenacidad y no otra cosa, lo que en verdad le despejó el camino hasta mi alcoba, que llenó (y se lo agradezco) de fragancia y esplendor. Pero a todo bienestar le corresponde un exceso que lo troca en malestar, y para delimitar sin riesgo y con precisión la longitud del trayecto que se puede recorrer en uno y otro sentido indistintamente antes de hollar el enfangado terreno donde ceden los rieles, se requieren grandes dosis de talento y tacto, mucho mayores de las que (y lo lamento) mi preciosa admiradora parece haber conseguido reunir a lo largo de su breve y lozana existencia. Lo que aún no sé es cómo decírselo: comunicarle que nuestras entrevistas van a quedar no interrumpidas, ni espaciadas (mal menor), sino para siempre canceladas, es tarea delicada, y pienso si no sería más prudente no dar (sí, injustamente) ni aviso ni explicación de mi brusca decisión: aun a expensas de tener que soportar un asedio tanto más insulso cuanto que estaría guiado por la miopía del desconcierto. Si yo fuera capaz de desterrar todo afecto y sentimiento y entregarme a la irrisión, el proceso, sin embargo, podría resultarme divertido: ya la veo haciendo llamadas telefónicas que el energúmeno, provisto de órdenes tajantes, se encargaría de contestar con enorme ambigüedad; enviando billets-doux que tal vez, si estuviera dispuesto (cosa que dudo) a participar en la comedia, le mostraría a él para compartir mi regocijo y mi hilaridad; aporreando la puerta incansablemente con el cabello alborotado: la combinación, mal puesta expresamente, estoy seguro de que le asomaría por debajo de la falda. Más tarde, la actitud contraria: amenazas de abandono definitivo, ignorando (o haciendo como que ignora, engañándose a sí misma, perdida ya por la ilusión) que es ella quien ya lo está; imprecaciones abstrusas que acabarían por erigirse en disparates, por alcanzar tan graciosa dimensión; tremendos esfuerzos y complicados arabescos para lograr que yo esté al tanto de sus inofensivas aventuras, no dictadas por el gusto sino por la estrategia; y a todo ello yo respondería siempre con el silencio, ¡con el silencio, que ella vería al principio como espejismo de claudicación! Hasta tal punto sería cruel que al final, harta y aburrida y deseosa de variación, se retiraría del escenario con alivio; pero también con la eterna amargura del desconocimiento, sin saber las causas ni las condiciones de mi abandono y con la certeza y el rubor de haber perdido tanto el tiempo como la dignidad. Demasiadas vejaciones para mi pacífico corazón. No me atrevería, no tendría el valor suficiente para llevar a cabo semejante felonía. No, no, no, ni hablar del peluquín.

XIV

Él está arriba, en el escenario, vestido a la usanza del XVIII; lleva una larga nariz postiza, algo curvada, que le hace parecer un viejo gruñón. En este justo momento se la quita y saluda al público (que lo aclama) con una inclinación no desprovista de gracia a pesar de su obesidad. El público, ante el desenmascaramiento, intensifica la ovación. No es para tanto. Mira a su derecha, donde, un poco rezagada, se halla la jovencísima soprano que, como él, hace su debut oficial, y la coge de la mano para que salude al mismo tiempo: hasta ahora, cuando el uno subía el otro bajaba y viceversa. Es fea, pero desde la distancia a que me encuentro es imposible determinar en qué consiste su fealdad. Se ha quitado, ella también, la cofia y el delantal: se despoja del disfraz más accesorio y ahora deja enteramente al descubierto su vestido rojo de terciopelo, impropio de una criada (el atrezzo no ha sido de lo mejor); hace unas reverencias muy rápidas y seguidas, como si la estuvieran esperando fuera del teatro y tuviera prisa por terminar. Él, mi ahijado, impide además que se la vea muy bien: llena la reducida escena con su descomunal figura, y gracias al colorido de su maquillaje, exagerado sin duda alguna para llamar más la atención (supongo que asimismo ese es el motivo por el que durante su última intervención apareció con una ridícula botarga en lugar de los tradicionales calzones que había llevado a lo largo de toda la obra), logra que todas las miradas se dirijan y fijen en él. A mi lado está su prometida, que aplaude con fervor; le brillan los ojos, llenos de admiración, y el orgullo la hace palmotear a un ritmo distinto del de la concurrencia. Se le cae un guante al suelo sin que lo advierta, y yo me agacho a recogérselo y se lo tiendo, pero ella, entusiasmada, arrebolada, sigue sin darse cuenta ni de la pérdida ni de mi movimiento de recuperación. Yo insisto con la mano derecha extendida, pero es inútil, su arrebato me está jugando una mala pasada: varias personas me miran de reojo y con censura al ver que no estoy aplaudiendo, de modo que finalmente me meto el guante debajo del brazo y reanudo mis aplausos al tiempo que lanzo un vítor que esclarezca mi posición. Estoy en la tercera fila del patio de butacas y tengo que volverme si quiero ver la expresión de los rostros del público. Se muestra jubiloso y satisfecho con la representación, aunque observo que los entendidos ya han dejado de aplaudir e intercambian impresiones entre sí. ¡Cómo me gustaría oírles! Cuando vuelvo de nuevo la vista hacia el escenario, los tres han desaparecido, pero al cabo de unos segundos salen otra vez, ahora ya sólo él y la soprano, sin el mudo; repiten varias veces más la operación mientras me pregunto si al final saldrá sólo uno de ellos o si siempre lo harán los dos, probando así sus deseos de equidad. Por fin obtengo la respuesta que en realidad ansiaba: aparece sólo él. Se ha quitado la peluca y ofrece su aspecto habitual, la cabeza bien rapada, con la raya a la derecha. Exultante, prodiga las reverencias en honor del auditorio, como todos los noveles envía besos a los palcos, y no dirige nunca, ni una vez, la mirada hacia el lugar donde estoy yo con su prometida; espero que ella también advierta el pormenor y entonces me haga algún comentario, me preste un poco de atención. Así tendré ocasión de entregarle el guante, que se me está arrugando debajo del brazo; pero no puedo sacarlo de ahí si quiero ser el último en dejar de aplaudir; tengo que hacerlo, o si no ella tal vez piense (no sé qué le habrá contado él acerca de mí, pero es obvio que no me profesa grandes simpatías) que la envidia ha hecho presa en mí y que me niego a reconocer y sancionar su triunfo desorbitado. Estoy convencido de que ni ella misma tenía excesiva confianza en el éxito. ¡Atiza! Me temo que va a dar un encore. No, afortunadamente no estaba previsto: la ovación va menguando y él parece que se va a retirar ya. Aún le está estrechando la mano al director; ahora a los violines, al clavicordio, a los dos trompetas, que ya desaparecían por la puerta del fondo, y ha sido él quien los ha retenido para que saludaran todos juntos. Ahora ya sí, se ha quedado el último y, sin darle en ningún momento la espalda al auditorio, se encamina tanteando con los pies hacia la salida. ¡Cuidado, cuidado! ¡Lo veo venir! Se ha enganchado en un atril, tropieza, se ve en un aprieto, da un traspiés, se bambolea hacia atrás, intenta mantener el equilibrio apoyándose en los platillos que hay en un rincón, ¡cielos!, los va a arrastrar en su caída... ¡cae! El público, que ya se encaminaba hacia la calle, se vuelve sorprendido por el estruendo. Su prometida, alarmada, emite una ahogada exclamación y se lleva las manos a la cabeza: se le ha caído el otro guante.

Por fin me encuentro a solas otra vez, ya se fue y no volverá; quizá, a lo sumo, de visita y siempre acompañado: lo más probable es que las entrevistas sean incluso una delicia, sedadas e interesantes. Unas manos femeninas y amorosas lo depositaron, insensatas, en mis brazos; y ahora otras, también acariciadoras, me lo sacan de encima, lo apartan de mi existencia restituyéndome la libertad y confirmando así su inusitada capacidad de elasticidad. Pero la elección de ambos momentos no ha sido la acertada; por el contrario, han constituido sendos errores ya irreparables; era antes, y no ahora, cuando más me atormentaba. Y aún es más: este giro, el desenlace, lejos de proporcionarme el alivio y el consuelo, lejos de devolverme mis energías y cerrar el paréntesis demorado de mi falta de talento, ha echado a perder mi última obra, que hoy, con él ausente, se me aparece como carente de sentido y de antemano condenada por mi torpe imprevisión; mis esfuerzos, no por lacónicos y poco perceptibles menos denodados, se han desperdiciado y malgastado; y mi voluntad, una vez más, se ha visto contrariada y defraudada: cuando los lazos que me ataban ya se habían aflojado, cuando su roce era más benévolo, menos doloroso y compulsivo, cuando mi integridad empezaba a desgastarse (maltratada por la continua adversidad, por el cansancio del desdén practicado sin interrupción a lo largo de los años), cuando el entenebrecido progreso se veía atemperado, es entonces cuando un corte brusco me concede, gratuitamente, lo anhelado; de manera súbita y sin escrúpulos, lo priva de todo su atractivo y lo rebaja, y es entonces, sólo entonces, cuando me es entregado sin que yo dé nada a cambio: cuando el deterioro ya ha alcanzado una cota irremediable, cuando él, por el contrario, se eleva irresistible en su veloz carrera, cuando el tiempo se desvanece y a mí, apuntalado, sólo me queda relatar el desengaño a mi manera y constatar la injusticia del reparto.

El viaje de Isaac

Pasó toda su vida dedicado a resolver un enigma:

El padre de su mejor amigo, llamado Isaac Custardoy, recibió una amenaza, una maldición, un vaticinio en su juventud. Vivía en La Habana, poseía tierras, era militar; se jactaba de su carrera y su fama de conquistador y no pensaba casarse, al menos hasta ser cincuentón. Una mañana, cuando paseaba a caballo, se cruzó en su camino un pordiosero mulato y le pidió una limosna, que él denegó: siguió adelante y espoleó su montura, pero el mendigo pudo aún detenerla cogiéndola de la brida y le anunció: 'Tú, y tu hijo mayor, y el hijo mayor de tu hijo mayor, los tres moriréis cuando estéis en un viaje lejos de vuestra patria; no cumpliréis los cincuenta ni tendréis sepultura'. El padre de su amigo no hizo mucho caso, regresó tras su cabalgadura, narró en casa la anécdota a la hora de comer y después la olvidó. Esto sucedía en 1873, cuando el padre de su amigo contaba tan sólo veinticinco años.

En 1898, cuando, casado y con siete hijos y ya teniente coronel, vio que el comodoro Schley llevaba las de ganar y comprendió que Cuba estaba a punto de caer en poder extranjero, se negó a ver ondear otra bandera que no fuera la española en el puerto de La Habana. Malvendió apresuradamente sus posesiones, se hizo a la idea de abandonar para siempre su tierra natal y, pese a no haber salido jamás de la isla y padecer de vértigo Ménière, se embarcó con toda su familia rumbo a España. Cuando había transcurrido tan sólo una semana de travesía, un espantoso ataque de esta enfermedad acabó con su vida: meditaba acodado sobre la barandilla de la cubierta, preguntándose con curiosidad (permitiéndose incluso una cierta ilusión) por el país cuyo nombre conocía tan bien, cuando de repente, sin duda tras oír ruidos pavorosos y luego ya nada a juzgar por sus aspavientos fugaces de dolor primero y de estupefacción después, cayó fulminado. Su cadáver fue arrojado al océano con una bala de cañón. Iba a cumplir los cincuenta.

Su primogénito, llamado Isaac Custardoy como él, prosiguió en España la carrera militar que ya había iniciado en Cuba bajo los auspicios de su padre. Siendo auténtica o incuestionada su vocación, y no careciendo de voluntad, fue ascendiendo a gran velocidad hasta alcanzar el rango de coronel y convertirse en ayudante de Fernández Silvestre. Vivía en Madrid, y sintiéndose desde muy joven responsable de sus hermanos y hermanas menores, velaba siempre por ellos y procuraba no abandonar nunca la capital. En 1921, sin embargo, no tuvo más remedio que partir hacia Marruecos acompañando a su amigo y superior. En medio del desastre de Annual, cuando las tropas españolas se hallaban ya dispersas y derrotadas por los cabileños de Abd-el-Krim, el general, Custardoy y el hijo de aquél, víctimas del desconcierto, el pánico masivo y la confusión, quedaron aislados de los restos del grueso: desamparados, pero con una camioneta a su disposición. Silvestre se negó a abandonar el campo y Custardoy se negó a abandonar a su superior: entre ambos convencieron al hijo de que intentara salvar la vida y huyera en el vehículo. Los dos militares quedaron solos ante la desbandada general y nunca se hallaron sus cadáveres. De Custardoy se encontraron tan sólo los gemelos de campaña y sus correajes de coronel. Presumiblemente fueron empalados. Isaac Custardoy contaba cuarenta y cinco años de edad. Sólo dejó mujer.

Su mejor amigo pasó toda su vida dedicado a resolver el enigma: ¿por qué la predicción del pordiosero mulato se había cumplido cabalmente y con absoluta exactitud en sus dos primeras partes y en la tercera no? Nunca había habido un hijo mayor del hijo mayor. Pensar en un vástago espúreo era demasiado banal. Si nada se hubiera cumplido... Si todo se hubiera cumplido... En cualquiera de los dos casos, ¡qué tranquilidad! Pasó toda su vida dedicado a resolver el enigma.

Cuando ya era viejo y estaba aburrido de inactividad, sólo gustaba de leer la Biblia. Y un día, releyendo por enésima vez, se paró donde dice: *Tenía Abraham ochenta y seis años cuando Agar le parió a Ismael*. Y más adelante se volvió a detener: *Era Abraham de cien años de edad cuando le nació Isaac, su hijo*. Y pensó que el nacimiento de Isaac ya lo había anunciado Yavé mucho antes de que naciera Ismael, el hijo de Agar, que ya tenía trece años de edad cuando Sara dio a luz. Aquello le llevó a preguntarse y a reflexionar: '¿Dónde estuvo Isaac durante todo ese tiempo, desde que se lo profetizó hasta que nació, desde que se lo vaticinó hasta que fue concebido? Pues tuvo que estar en algún lugar, porque ya desde entonces se sabía de él: no sólo Yavé; también Abraham y Sara sabían de él'. Y aquello le llevó aún más lejos, a su problema; le llevó a pensar: 'El nieto de Isaac Custardoy había sido anunciado también, pero nunca había nacido, no había llegado a nacer ni a ser engendrado. Pero el pordiosero mulato y el mismísimo Custardoy sabían también de él desde 1873. ¿Dónde había estado desde entonces? En algún lugar tenía que estar.'

Siguió cavilando y dedicó lo que le quedaba de vida a resolver el enigma. Y cuando ya iba a morir, escribió en una hoja sus pensamientos: 'Adivino que voy a morir, emprenderé mi último viaje. ¿Qué va a ser de mí? ¿Adónde iré? ¿Iré a alguna parte? ¿Adónde iré? Atisbo la muerte porque he estado vivo y he sido engendrado, porque estoy vivo aún; la muerte, así, es imperfecta, no todo lo abarca, no puede impedir que exista otra cosa distinta de ella, que desde allí se la espere y desde allí se la piense: tiene que transigir. Sólo le pertenece del todo quien no ha llegado a nacer; más aún, quien no ha sido engendrado ni concebido. El que no se concibe es quien muere más. Ése ha viajado sin cesar por la senda más tortuosa, por la más intrincada: por la senda de la eventualidad. Ese es el único que no tendrá patria ni sepultura jamás. Ese es Isaac Custardoy. Yo, en cambio, no soy'.

El fin de la nobleza nacional

—¡Impío! —le dijo el noble al judío en un arranque de mal humor.

—¡Impío! —repitió la mujer del noble, que sólo intervenía cuando la pauta era clara y sabía a qué atenerse.

—¡Más que impío! —subrayó y aumentó el hijo del noble, que a su vez temía tanto a su madre que sólo se atrevía, de vez en cuando, a puntualizar.

—¡Hasta la médula impío! —matizó la hija del noble, que había estudiado gramática y se complacía en hacer bien patente su superioridad cuando había una discusión.

Protestó el visible judío alisándose el babero: la boca llena y levantado el tenedor:

—Soy cristiano, bien que nuevo, desde ayer; ni vos, señor, ni vuestra esposa, ni tampoco vuestros vástagos pese a su corta edad, podéis acusarme de impío por comer de este jamón.

—¡Apóstata, pues! —exclamó el noble hacendado, el índice bien estirado en postura de acusación.

—¡Más que apóstata! —gritó su mujer ya acalorada, en estado de suprema agitación.

—¡Hasta la médula apóstata! —bramó el hijo del hacendado, que al ver usurpada su parte no encontró ya más remedio que usurpar la de su hermana a su vez.

Hubo un breve silencio, todos a la espera de que la hija, que había estudiado gramática y además latín, fuera capaz de superar la fórmula que, siendo de su creación, le habían robado del modo más natural.

—¡Apóstol de los apóstatas! —dijo por fin con el rostro enrojecido de esfuerzo y concentración.

—¡Bravo, mucho, ele! —aplaudieron los otros tres.

—Si en eso quedamos —dijo el judío notorio mientras masticaba el jamón—, os lo he de negar también: no hubo más apóstol de los apóstatas que Judas el Iscariote, quien puede decirse que al traicionar a su señor a sabiendas de que era su Dios, renegó de su fe sin percatarse, ya que no lo hizo de manera explícita, bien es eso verdad, ni como ordenan los preceptos de la apostasía convencional. Así pues...

El desconcierto hizo acto de aparición.

El noble hacendado y su mujer, el hijo y la hija se agruparon y, abrazándose todos las espaldas, conferenciaron en baja voz. Tras los cuchicheos se hizo el silencio, y el hacendado, con una sonrisa de satisfacción como la que suelen exhibir los expertos en acertar adivinanzas cuando han tenido tiempo de pensárselo bien, exclamó:

—¡A ver esta! ¡Prevaricador! —Y señaló al anciano, visiblemente judío por su actitud, que estaba más allá, en un rincón.

—¡Sí, prevaricación! —dijo la mujer con tanto entusiasmo que sin querer introdujo una variante en su papel, lo cual no fue nada bien visto por su marido y señor.

—¡Muy prevaricación! —dijo el hijo un poco aturdido por el desorden que empezaba a reinar y aumentando en vez de puntualizar.

—¡Vicario de la vicarización! —soltó sobresaltada la hija, quien queriendo repetir el alarde de la vez anterior y fallando, dijo una gran confusión.

—¡Oooh, desatino, mal, mal! —exclamaron los otros tres con desilusión.

—Eso es un sinsentido —dijo el judío mientras se acababa el jamón—; y yo no respondo con sentido a los sinsentidos. Aun así (y pase por esta vez), os diré, respecto a la prevaricación de que me acusáis, que la discreta presencia de mi buen padre, que aún no es cristiano ni lo será (por su edad), en aquel rincón, no me convierte en prevaricador. Pues como muy fácilmente podréis comprobar si os acercáis a él —y, levantándose, se aproximó al anciano escandalosamente judío por su postura y por su actitud y le acarició la barba fluvial—, es sordo y ciego y no sabe ni que no soy ya judío ni que estoy comiendo la carne del cerdo llamada el jamón. Mal ejemplo, en consecuencia, no le puedo dar; malamente lo podría incitar. Y tampoco quisiera, que un muy buen padre es él.

El noble, su mujer y sus hijos se volvieron hacia el rincón y luego conferenciaron de nuevo y otra vez. Al cabo de unos segundos, el hacendado, golpeando con fuerza la mesa, exclamó:

—¡Veamos ahora, señor!

Y encarándose con el judío (inequívoco) le dijo así:

—Supongo que, como cristiano muy nuevo que sois, no habréis tenido ocasión de probar hasta ahora las lentejas con tocino, de muy sabroso sabor.

—No por cierto, ¿por qué lo decís?

—Muy buenas haylas en la cocina hoy —contestó el hacendado—. Bonísimas. ¿Las queréis probar?

Al instante apareció un criado con ellas y a los cinco sirvió. Ya empuñaba la cuchara el judío innegable, dispuesto a empezar, cuando el noble se lo impidió:

—¡Alto!

—¿Qué pasa? ¿He hecho algo?

—¿Qué me vais a pagar?

—¿Pagar? Lo que me pidáis, señor. Muy buen dinero tengo de usura, y hombre justo y honrado debéis ser vos. ¿Qué pedís?

—¡La primogenitura! ¡Nada menos, señor! —gritó el hacendado con aire triunfal.

—Eso tendríais que pedírselo a vuestro hermano mayor —respondió el judío absoluto con benevolencia.

—¡Aah! ¿No sois vos acaso mayor que yo? ¿Y no somos todos hermanos a los ojos de Dios?

—¡Mal cristiano! —gritó la mujer del noble, que llevaba ya un rato comedida e impaciente, al ver que la astucia había surtido su efecto.

El hacendado, viendo que su esposa se le había adelantado (y no habiendo estudiado ni gramática ni latín), dudó unos instantes y sólo pudo decir:

—¡Pésimo, pésimo cristiano!

—¡Peor que pésimo! —dijo su hijo soliviantado.

La hija, a pesar de haber estudiado gramática, sólo acertó a balbucir con gran trabazón:

—¡Pesimismo cristiano!

—¡Ísimo, ísimo! —la corrigieron a coro los otros tres.

—Eso es un desatino blasfemo que ya pagaréis —repuso el judío con calma—. Pero aun así os diré yo que el pesimismo no es malo, y que más vale eso que lo contrario a la hora de temer a Dios nuestro señor que está en los cielos y cuya ira es terrible; aunque a su diestra se siente —añadió— su hijo el señor Jesucristo, que bien misericordioso es.

La hija del noble, que nuevamente había echado por tierra con su torpeza el asunto y el plan, fue rápida: se esmeró:

—Y el Espíritu Santo, ¿dónde se sienta él? ¡Contestad a eso, contestad si sois buen cristiano, señor!

—El Espíritu Santo, hija mía, no se puede sentar —le respondió el judío cabal—: no se encarnó, como el Hijo; no es ni ha sido de carne, así pues, sino espíritu, y ni siquiera tiene representación: como os digo, no se lo puede sentar.

El noble hacendado y su familia volvieron a agruparse y al cabo de unos segundos fue la mujer (que era muy apasionada) quien levantó la voz:

—¡Moro! —le gritó al judío—. ¿Y la paloma qué? ¿Qué con la paloma? ¿No se representa acaso así al Santo Espíritu?

No concebís la representación del Espíritu porque sois moro de espíritu. —Y añadió, arrogándose partes que no le correspondían ya—: ¡Moro y más que moro!

—¡Morazo! —dijo el hijo rápidamente antes de que nadie le pisara la expresión.

—¡Sarraceno, mahometano, muslime, tunecino, infiel, musulmán, perro, pagano, salvaje, aborigen, abrótano, aborto! —gritó la hija intentando resarcirse con sus sinónimos de los fallos anteriores y haciendo ver que sabía gramática y latín.

Esta vez fue el padre en persona quien quedó en la estacada y sólo pudo atinar a decir:

—¡Aborto de mora!

—Si soy aborto de mora, señor —le respondió el judío—, es que no he llegado a nacer. Y así, ¿de qué modo podría ser moro si ni siquiera nací?

De nuevo se reunió en conciliábulo la noble familia:

—Bss bss.

Dijo el hacendado por fin:

—Aún está sin resolver lo de vuestras lentejas, señor. La primogenitura, ¿me la vais a dar o no? ¡Dádmela ya si queréis comer!

—Está bien, señor noble —le respondió el judío (total)—, ya os la doy puesto que tanto insistís.

—¡Esaú! —se anticipó exultante la mujer, que no quería quedarse atrás y sabía a qué se atener (o cuán difícil aquello sería de apostillar).

—¡Hermano de Jacob! —puntualizó el hijo en altísima voz.

—¡Hijo de Isaac, nieto sarnoso de Abraham! —matizó la hija en un alarde de erudición.

—¡Hebreo, judío, so israelí! —gritó el noble con exaltación.

Repuso el nuevo cristiano tras pensárselo muy bien:

—Llevad cuidado, señor, que del anciano judío que hay sentado en el rincón no es ahora el primogénito ningún otro más que vos.

Con estupefacción e ira se volvieron los otros tres hacia su cónyuge, padre, progenitor.

—¡Es impío!

—¡Y es apóstata!

—¡Casi moro!

—¡Mal cristiano! —apostilló quien judío ya no era.

Y mirándose entre sí, al unísono exclamaron:

—¡Y además prevaricador!

Gualta

Hasta los treinta años yo viví tranquila y virtuosamente y conforme a mi propia biografía, y nunca había imaginado que olvidados personajes de mis lecturas de adolescencia pudieran atravesarse en mi vida, ni siquiera en la de los demás. Cierto que había oído hablar de momentáneas crisis de identidad provocadas por una coincidencia de nombres descubierta en la juventud (así, mi amigo Rafa Zarza dudó de sí mismo cuando le fue presentado *otro* Rafa Zarza). Pero no esperaba convertirme en un William Wilson sin sangre, ni en un retrato desdramatizado de Dorian Gray, ni en un Jekyll cuyo Hyde no fuera sino otro Jekyll.

Se llamaba Xavier de Gualta, era catalán como su nombre indica, y trabajaba en la sede barcelonesa de la empresa en que trabajaba yo. La responsabilidad de su cargo (alta) era semejante a la del mío en la capital, y nos conocimos en Madrid con ocasión de una cena que iba ser de negocios y también de fraternización, motivo por el cual acudimos acompañados de nuestras respectivas esposas. Nuestro nombre coincidía sólo en la primera parte (yo me llamo Javier Santín), pero en cambio la coincidencia era absoluta en todo lo demás. Aún recuerdo la cara de estupefacción de Gualta (que sin duda fue la mía) cuando el maître que los guiaba les señaló nuestra mesa y se hizo a un lado, dejando que su vista se posara en mi rostro por primera vez. Gualta y yo éramos físicamente idénticos, como los gemelos del cine, pero no era sólo eso: además, hacíamos los mismos gestos al mismo tiempo, y utilizábamos las mismas palabras (nos quitábamos la palabra de la boca, según la expresión coloquial), y nuestras manos iban a la botella de vino (del Rhin) o a la de agua mineral (sin gas), o a la frente, o a la cucharilla del azucarero, o al pan, o con el tenedor al fondo de la fondue, siempre al unísono, simultáneamente. Era difícil no chocar. Era como si nuestras cabezas exteriormente idénticas también pensaran lo mismo y al mismo tiempo. Era como estar cenando delante de un espejo con corporeidad. No hace falta decir que estábamos de acuerdo en todo y que —pese a que intenté no saber mucho de él, tales eran mi asco y mi vértigo— nuestras trayectorias, tanto profesionales como vitales, habían sido paralelas. Este extraordinario parecido fue, por supuesto, observado y comentado por nuestras esposas y por nosotros ('Es extraordinario', dijeron ellas. 'Sí, es extraordinario', dijimos nosotros), pero los cuatro, algo envarados por la situación tan anómala pero sabedores de que el provecho de la empresa que nos había reunido estaba por medio en aquella cena, hicimos caso omiso del hecho notable tras el asombro inicial y fingimos naturalidad. Tendimos a negociar más que a fraternizar. Lo único nuestro que no coincidía eran nuestras mujeres (pero en realidad ellas no son parte de nosotros, como tampoco nosotros de ellas). La mía es un monumento, si se me permite la vulgaridad, mientras que la de Gualta, chica fina, no pasaba, sin embargo, de ser una mosquita muerta pasajeramente embellecida y envalentonada por el éxito de su cónyuge arrasador.

Pero lo grave no fue el parecido en sí (hay otros que lo han superado). Yo nunca, hasta entonces, me había visto a mí mismo. Quiero decir que una foto nos inmoviliza, y que en el espejo nos vemos siempre invertidos (yo, por ejemplo, llevo la raya a la derecha, como Cary Grant, pero en el espejo soy un individuo de raya a la izquierda, como Clark Gable); y tampoco me había visto nunca en televisión ni en vídeo, al no ser famoso ni haber tenido jamás afición por los tomavistas. En Gualta, por tanto, me vi por primera vez hablando, y en movimiento, y gesticulando, y haciendo pausas, y riendo, y de perfil, y secándome la boca con la servilleta, y frotándome la nariz. Fue mi primera y cabal objetivación, algo que sólo les es dado disfrutar a los que son famosos o a los que tienen vídeo para jugar con él.

Y me detesté. Es decir, detesté a Gualta, idéntico a mí. Aquel acicalado sujeto catalán me pareció no sólo poco agraciado (aunque mi mujer —que es de bandera— me dijo luego en casa que lo había encontrado atractivo, supongo que para adularme a mí), sino redicho, en exceso pulcro, avasallador en sus juicios, amanerado en sus ademanes, engreído de su carisma (carisma mercantil, se entiende), descaradamente derechista en sus opiniones (los dos, claro, votábamos al mismo partido), engominado en su vocabulario y sin escrúpulos en los negocios. Hasta éramos socios de los equipos de fútbol más conservadores de nuestras respectivas ciudades: él del Español, yo del Atleti. En Gualta me vi, y en Gualta vi a un sujeto estomagante, capaz de cualquier cosa, carne de paredón. Como he dicho, me odié sin vacilación.

Y fue a partir de aquella noche cuando —sin ni siquiera hacer partícipe de mis propósitos a mi mujer— empecé a cambiar. No sólo había descubierto que en la ciudad de Barcelona existía un ser igual a mí mismo que me era aborrecible, sino que además temía que aquel ser, en todas y cada una de las esferas de la vida y en todos y cada uno de los momentos del día, pensara, hiciera y dijera exactamente lo mismo que yo. Sabía que teníamos el mimo horario de oficina, que vivía —sin hijos— sólo con su mujer, todo igual que yo. Nada le impedía llevar mi misma vida. Y pensaba: 'Cada cosa que hago, cada paso que doy, cada mano que estrecho, cada frase que digo, cada carta que dicto, cada pensamiento que tengo, cada beso que estampo sobre mi mujer, los estará haciendo, dando, estrechando, diciendo, dictando, teniendo, estampando Gualta sobre su mujer. Esto no puede ser'.

Después de aquel adverso encuentro sabía que volveríamos a vernos cuatro meses más tarde, en la gran fiesta del quinto aniversario de la instalación de la empresa, americana de origen, en nuestro país. Y durante ese tiempo me apliqué a la tarea de modificar mi aspecto: me dejé crecer el bigote, que tardó en salir; empecé a no llevar siempre corbata, sustituyéndola —eso sí— por elegantes foulards; empecé a fumar (tabaco inglés); e incluso me atreví a cubrir mis entradas con un discreto injerto capilar japonés (coquetería y afeminamiento que ni Gualta ni mi yo anterior se habrían permitido jamás). En cuanto a mis maneras, hablaba más recio, evitaba expresiones como 'constelación de interés-factores' o 'dinámica del negocio-incógnita', que tan caras nos eran a Gualta y a mí; dejé de servir vino a las damas durante las cenas; dejé de ayudarlas a ponerse el abrigo; soltaba tacos de vez en cuando.

Cuatro meses después, en aquella celebración barcelonesa, encontré a un Gualta que lucía un bigote raquítico y parecía tener más pelo del que le recordaba; fumaba un JPS detrás de otro y no llevaba corbata, sino papillon; se palmoteaba los muslos al reír, hostigaba con los codos y decía frecuentemente 'hostia, tú'. Pero seguía siéndome tan odioso como antes. Aquella noche yo también llevaba papillon.

Fue a partir de entonces cuando el proceso de modificación de mi abominable persona se desencadenó. Buscaba a conciencia aquellas cosas que un tipo tan relamido, suavón, formal y sentencioso como Gualta (también piadoso) no podría haber hecho jamás, y a las horas y en los lugares en que más improbable resultaba que Gualta, en Barcelona, estuviera dedicando su tiempo y su espacio a los mismos desmanes que yo. Empecé a llegar tarde y a irme demasiado pronto de la oficina, a decir groserías a mis secretarias, a montar en cólera por cualquier nimiedad y a insultar a menudo al personal a mis órdenes, e incluso a cometer algunos errores de poca consecuencia que un hombre como Gualta, sin embargo, nunca habría cometido, tan avizor y perfeccionista era. Esto en cuanto a mi trabajo. En cuanto a mi mujer, a la que siempre respeté y veneré en extremo (hasta los treinta), poco a poco, con sutilezas, logré convencerla no sólo de que copuláramos a deshoras y en sitios impropios ('Seguro que Gualta no es tan osado', pensé una noche mientras yacíamos —apresuradamente— sobre el techo de un quiosco de Príncipe de Vergara), sino de que incurriéramos en desviaciones sexuales que sólo unos meses antes habríamos calificado de vejaciones sexuales y sevicias sexuales en el supuesto improbable de que (a través de terceros) hubiéramos sabido de ellas. Llegamos a cometer actos contra natura, esa beldad y yo.

Al cabo de tres meses más aguardaba con impaciencia un nuevo encuentro con Gualta, confiado como estaba en que ahora sería muy distinto de mí. Pero la ocasión tardaba en surgir, y por fin decidí viajar a Barcelona un fin de semana por mi cuenta y riesgo con el propósito de acechar el portal de su casa y comprobar —aunque fuera de lejos— los posibles cambios habidos en su persona y en su personalidad. O, mejor dicho, comprobar la eficacia de los operados en mí.

Durante dieciocho horas (repartidas entre sábado y domingo) estuve refugiado en una cafetería desde la que se divisaba la casa de Gualta, a la espera de que saliera. Pero no apareció, y sólo cuando ya estaba dudando si regresar derrotado a Madrid o subir al piso aunque ello me descubriera, vi salir del portal a la mosquita muerta. Iba vestida con cierto descuido, como si el éxito de su cónyuge ya no bastara para embellecerla artificialmente o su efecto no alcanzara a los días festivos. Pero en cambio se me antojó, a su paso ante la luna oscura que me ocultaba, una mujer mucho más inquietante que la que había visto en la cena madrileña y en la fiesta barcelonesa. La razón era muy simple, y me fue suficiente para comprender que mi originalidad no había sido tanta ni mis medidas tan atinadas: en su expresión reconocí a una mujer salaz y sexualmente viciosa. Siendo tan diferentes, tenía la misma mirada levemente estrábica (tan atrayente), turbadora y nublada de mi monumento.

Regresé a Madrid, convencido de que si Gualta no había salido de su casa en todo el fin de semana era debido a que aquel fin de semana él había viajado a Madrid y había estado durante horas apostado en La Orotava, la cafetería de enfrente de mi propia casa, vigilando mi posible salida que no se había producido al estar yo en Barcelona vigilando la suya que no se había producido por estar él en Madrid vigilando la mía. No había escapatoria.

Todavía hice algunas tentativas, ya sin fe. Pequeños detalles para completar el cambio, como hacerme socio del Real Madrid, pensando que uno del Español no sería admitido en el Barça; o bien tomaba anís y cazalla —bebidas que me repugnan— en los baruchos del extrarradio, seguro de que un delicat como Gualta no estaría dispuesto a semejantes sacrificios; también me dio por insultar en público al Papa, seguro de que a tanto no se atrevería mi fervoroso rival católico. Pero en realidad no estaba seguro de nada, y creo que ya nunca lo podré estar. Al cabo de un año y medio desde que conocí a Gualta, mi carrera de ascensos en la empresa para la que aún trabajo está totalmente frenada, y aguardo el despido (con indemnización, eso sí) cualquier semana. Mi mujer —no sé si harta de corrupciones o, antes al contrario, porque mi fantasía ya no le bastaba y necesitaba buscar desenfrenos nuevos— me abandonó hace poco sin explicaciones. ¿Habrá hecho la mosquita muerta lo propio con Gualta? ¿Será su posición en la empresa tan frágil como la mía? No lo sabré, como he dicho, porque prefiero ignorarlo ahora. Pues ha llegado un momento en el que, si me cito con Gualta, pueden suceder dos cosas, ambas aterradoras, o más que la incertidumbre: puede ocurrir que me encuentre a un hombre opuesto al que conocí e idéntico a mi yo de ahora (desastrado, desmoralizado, negligente, mal educado, blasfemo y pervertido) que quizá, sin embargo, me seguirá pareciendo tan execrable como el Xavier de Gualta de la vez primera. Respecto a la otra posibilidad, es aún peor: puede que me encuentre, intacto, al mismo Gualta que conocí: inmutable, cortés, jactancioso, atildado, devoto y triunfal. Y si así fuera, habría de preguntarme, con una amargura que no podré soportar, por qué fui yo, de los dos, quien tuvo que claudicar y renunciar a su biografía.

La canción de Lord Rendall

James Ryan Denham (1911-1943), nacido en Londres y educado en Cambridge, fue uno de los talentos malogrados por la Segunda Guerra Mundial. Perteneciente a una familia acomodada, inició una carrera diplomática que lo llevó a Birmania y la India (1934-1937). Su obra literaria conocida es breve y escasa, y se compone de cinco títulos, todos ellos publicados en ediciones privadas hoy inencontrables, ya que al parecer juzgaba esta actividad un mero entretenimiento. Amigo de Malcolm Lowry, con quien había coincidido en la universidad, y del famoso coleccionista de arte Edward James, él mismo llegó a poseer una excelente colección de pintura francesa del XVIII y el XIX.

Su último libro, How to Kill *(1943), del que procede el cuento aquí traducido, 'Lord Rendall's Song', fue el único que intentó publicar en edición comercial, pero ningún editor lo quiso porque se consideró que podría deprimir a los combatientes y a la población, aún en plena guerra, y por la desusada carga erótica de algunos de los relatos. Con anterioridad, Denham había publicado un libro de versos,* Vanishings *(1932), otro volumen de cuentos,* Knives and Landscapes *(1934), una novela corta,* The Night-Face *(1938), y* Gentle Men and Women *(1939), una serie de breves semblanzas de personajes célebres, entre ellos Chaplin, Cocteau, la bailarina Tilly Losch y* el pianista Dinu Lipatti. Denham murió a los treinta y dos años, caído en combate en el Norte de África.

Aunque el presente relato (una *mise en abîme* de vértigo) se explica perfectamente por sí solo, puede ser útil saber que la canción popular inglesa *Lord Rendall* es el diálogo entre el joven Lord Rendall y su madre después de que aquél haya sido envenenado por su novia. A la última pregunta de la madre, '¿Qué le dejarás a tu amor, Rendall, hijo mío?', éste responde: 'Una soga para ahorcarla, madre, una soga para ahorcarla'.

Para Julia Altares,
que aún no me ha descubierto

Quería darle la sorpresa a Janet, así que no le comuniqué el día de mi regreso. Cuatro años, pensé, son tanto tiempo que no importarán unos días más de incertidumbre. Saber un lunes, por medio de una carta, que llego el miércoles le será menos emocionante que saberlo el mismo miércoles al abrir la puerta y encontrarse conmigo en el umbral. La guerra, la prisión, todo aquello había quedado atrás. Tan rápidamente atrás que ya empezaba a olvidarlo. Estaba más que dispuesto a olvidarlo en seguida, a lograr que mi vida con Janet y el niño no se viera afectada por mis padecimientos, a reanudarla como si nunca me hubiera ido y jamás hubieran existido el frente, las órdenes, los combates, los piojos, las mutilaciones, el hambre, la muerte. El miedo y los tormentos del campo de concentración alemán. Ella sabía que yo estaba vivo, se le había notificado, sabía que había sido hecho prisionero y que por tanto estaba vivo, que regresaría. Debía de esperar a diario el aviso de mi llegada. Le daría una sorpresa, no un susto, y valía la pena. Llamaría a la puerta, ella abriría secándose las manos en el delantal y allí estaría yo, vestido por fin de paisano, con no muy buen aspecto y más flaco, pero sonriente y deseando abrazarla, besarla. La cogería en brazos, le arrancaría el delantal, ella lloraría con la cara hundida en mi hombro. Yo notaría cómo sus lágrimas me humedecían la tela de la chaqueta, una humedad tan distinta de la de la celda de castigo con sus goteras, de la de la lluvia monótona cayendo sobre los cascos durante las marchas y en las trincheras.

Desde que tomé la decisión de no avisarla disfruté tanto anticipando la escena de mi llegada que cuando me encontré ante la casa me dio pena poner término a aquella dulce espera. Fue por eso por lo que me acerqué sigilosamente por la parte de atrás, para tratar de escuchar algún ruido o ver algo desde fuera. Quería acostumbrarme de nuevo a los sonidos habituales, a los más familiares, a los que había echado dolorosamente de menos cuando era imposible oírlos: el ruido de los cacharros en la cocina, el chirrido de la puerta del baño, los pasos de Janet. Y la voz del niño. El niño acababa de cumplir un mes cuando yo me había ido, y entonces sólo tenía voz para llorar y gritar. Ahora, con cuatro años, tendría una voz verdadera, una forma de hablar propia, tal vez parecida a la de su madre, con quien habría estado tanto tiempo. Se llamaba Martin.

No sabía si estaban en casa. Me llegué hasta la puerta de atrás y contuve el aliento, ávido de sonidos. Fue el llanto del niño lo primero que oí, y me extrañó. Era el llanto de un niño pequeño, tan pequeño como era Martin cuando yo partí para el frente. ¿Cómo era posible? Me pregunté si me habría equivocado de casa, también si Janet y el niño se podrían haber mudado sin que yo lo supiera y ahora vivía allí otra familia. El llanto del niño se oía lejano, como si viniera de nuestro dormitorio. Me atreví a mirar. Allí estaba la cocina, vacía, sin personas y sin comida. Estaba anocheciendo, era hora de que Janet se preparara algo de cena, quizá iba a hacerlo en cuanto el niño se apaciguara. Pero no pude esperar, y bordeé la casa para intentar ver algo por la parte delantera. La ventana de mi derecha era la del salón; la de mi izquierda, al otro lado de la puerta principal, la de nuestra alcoba. Rodeé la casa por la derecha, pegado a los muros y semiagachado para no ser visto. Luego me fui incorporando lentamente hasta que con mi ojo izquierdo vi el interior del salón. Estaba también vacío, la ventana estaba cerrada, y seguía oyendo el llanto del niño, del niño que ya no podía ser Martin. Janet debía de estar en el dormitorio, calmando a aquel niño, quienquiera que fuese y si ella era ella. Iba ya a desplazarme hacia la ventana de la izquierda cuando se abrió la puerta del salón y vi aparecer a Janet. Sí, era ella, no me había equivocado de casa ni se habían mudado sin mi conocimiento. Llevaba puesto un delantal, como había previsto. Llevaba siempre puesto el delantal, decía que quitárselo era una pérdida de tiempo porque siempre, decía, había que volver a ponérselo por algo. Estaba muy guapa, no había cambiado. Pero todo esto lo vi y lo pensé en un par de segundos, porque detrás de ella, inmediatamente, entró también un hombre. Era muy alto, y desde mi perspectiva la cabeza le quedaba cortada por la parte superior del marco de la ventana. Estaba en mangas de camisa, aunque con corbata, como si hubiera vuelto del trabajo hacía poco y sólo le hubiera dado tiempo a despojarse de la chaqueta. Parecía estar en su casa. Al entrar había caminado detrás de Janet como caminan los maridos por sus casas detrás de sus mujeres. Si yo me agachaba más no podría ver nada, así que decidí esperar a que se sentara para verle la cara. Él me dio la espalda durante unos segundos y vi muy cerca la espalda de su camisa blanca, las manos en los bolsillos. Cuando se retiró de la ventana, dejó entrar en mi campo visual a Janet de nuevo. No se hablaban. Parecían enfadados, con uno de esos momentáneos silencios tensos que siguen a una discusión entre marido y mujer. Entonces Janet se sentó en el sofá y cruzó las piernas. Era raro que llevara medias transparentes y zapatos de tacón alto con el delantal puesto. Se echó las manos a la cara y se puso a llorar. Él, entonces, se agachó a su lado, pero no para consolarla, sino que se limitó a observarla en su llanto. Y fue entonces, al agacharse, cuando le vi la cara. Su cara era *mi* cara. El hombre que estaba allí, en mangas de camisa, era exactamente igual que yo. No es que hubiera un gran parecido, es que las facciones eran idénticas, eran las mías, como si me viera en un espejo, o, mejor dicho, como si me estuviera viendo en una de aquellas películas familiares que habíamos rodado al poco de nacer Martin. El padre de Janet nos había regalado una cámara, para que tuviéramos imágenes de nuestro niño cuando ya no fuera niño. El padre de Janet tenía dinero antes de la guerra, y yo confiaba en que Janet, pese a las estrecheces, hubiera podido filmar algo de aquellos años de Martin que yo me había perdido. Pensé si quizá no estaba viendo eso, una película. Si quizá no había llegado justo en el momento en que Janet, nostálgica, estaba proyectando en el salón una vieja escena de antes de mi partida. Pero no era así, porque lo que yo veía estaba en color, no en blanco y negro, y además, nunca había habido nadie que nos filmara a ella y a mí desde aquella ventana, pues lo que veía lo veía desde el ángulo que yo ocupaba en aquel momento. El hombre que estaba allí era real, de haber roto el cristal podría haberlo tocado. Y allí estaba, agachado, con mis mismos ojos, y mi misma nariz, y mis mismos labios, y el pelo rubio y rizado, y hasta tenía la pequeña cicatriz al final de la ceja izquierda, una pedrada de mi primo Derek en la infancia. Me toqué la pequeña cicatriz. Ya era de noche.

Ahora estaba hablando, pero el cristal cerrado no permitía oír las palabras, y el llanto de Martin había cesado desde que habían entrado en la habitación. Era Janet quien sollozaba ahora, y el hombre que era igual que yo le decía cosas, agachado, a su altura, pero por su expresión se veía que tampoco las palabras eran de consuelo, sino quizá de burla, o de recriminación. La cabeza me daba vueltas, pero aun así pensé, dos, tres ideas, a cual más absurda. Pensé que ella había encontrado a un hombre idéntico a mí para suplantarme durante mi larga ausencia. También pensé que se había producido una incomprensible alteración o cancelación del tiempo, que aquellos cuatro años habían sido en verdad olvidados, borrados, como yo deseaba ahora para la reanudación de mi vida con

Janet y el niño. Los años de guerra y prisión no habían existido, y yo, Tom Booth, no había ido a la guerra ni había sido hecho prisionero, y por eso estaba allí, como cualquier día, discutiendo con Janet a la vuelta del trabajo. Había pasado con ella aquellos cuatro años. Yo, Tom Booth, no había sido llamado a filas y había permanecido en casa. Pero entonces, ¿quién era yo, el que miraba por la ventana, el que había caminado hasta aquella casa, el que acababa de regresar de un campo de concentración alemán? ¿A quién pertenecían tantos recuerdos? ¿Quién había combatido? Y pensé también otra cosa: que la emoción de la llegada me estaba haciendo ver una escena del pasado, alguna escena anterior a mi marcha, quizá la última, algo que había olvidado y que ahora venía a mí con la fuerza de la recuperación. Quizá Janet había llorado el último día, porque me marchaba y podían matarme, y yo me lo había tomado a broma. Eso podía explicar el llanto del niño, Martin, aún bebé. Pero lo cierto es que todo aquello no era una alucinación, no lo imaginaba ni lo rememoraba, sino que lo veía. Y además, Janet no había llorado antes de mi partida. Era una mujer con mucha entereza, no dejó de sonreír hasta el último instante, no dejó de comportarse con naturalidad, como si yo no fuera a marcharme, sabía que lo contrario me lo habría hecho todo más difícil. Iba a llorar hoy, pero sobre mi hombro, al abrirme la puerta, mojándome la chaqueta.

No, no estaba viendo nada del pasado, nada que hubiera olvidado. Y de ello tuve absoluta certeza cuando vi que el hombre, el marido, el hombre que era yo, Tom, se ponía de pronto en pie y agarraba del cuello a Janet, a su mujer, mi mujer, sentada en el sofá. La agarró del cuello con ambas manos y supe que empezó a apretar, aunque lo que yo veía era la espalda de Tom de nuevo, mi espalda, la enorme camisa blanca que tapaba a Janet, sentada en el sofá. De ella sólo veía los brazos extendidos, los brazos que daban manotazos al aire y luego se ocultaban tras la camisa, quizá en un desesperado intento por abrir mis manos que no eran mías; y luego, al cabo de unos segundos, los brazos de Janet volvieron a aparecer, a ambos lados de la camisa que yo veía de espaldas, pero ahora para caer inertes. Oí de nuevo el llanto del niño, que atravesaba los cristales de las ventanas cerradas. El hombre salió entonces del salón, por la izquierda, seguramente iba a nuestro dormitorio, donde estaba el niño. Y al apartarse vi a Janet muerta, estrangulada. Se le habían subido las faldas en el forcejeo, había perdido uno de los zapatos de tacón alto. Le vi las ligas en las que no había querido pensar durante aquellos cuatro años.

Estaba paralizado, pero aun así pensé: el hombre que es yo, el hombre que no se ha movido de Chesham durante todo este tiempo va a matar también a Martin, o al niño nuevo, si es que Janet y yo hemos tenido otro niño durante mi ausencia. Tengo que romper el cristal y entrar y matar al hombre antes de que él mate a Martin o a su propio hijo recién nacido. Tengo que impedirlo. Tengo que matarme ahora mismo. Sin embargo, yo estoy de este lado del cristal, y el peligro seguiría dentro.

Mientras pensaba todo esto el llanto del niño se interrumpió, y se interrumpió de golpe. No hubo los lloriqueos propios de la paulatina calma, del progresivo sosiego que va llegando a los niños cuando se los coge en brazos, o se los mece, o se les canta. Antes de mi partida yo le cantaba a Martin la canción de Lord Rendall, y a veces conseguía que se apaciguara y dejara de llorar, pero lo conseguía muy lentamente, cantándosela una y otra vez. Sollozaba, cada vez más débilmente, hasta quedarse dormido. Ahora aquel niño, en cambio, se había callado de repente, sin transición alguna. Y sin darme cuenta, en medio del silencio, empecé a cantar la canción de Lord Rendall junto a la ventana, la que solía cantarle a Martin y comienza diciendo: '¿Dónde has estado todo el día, Rendall, hijo mío?', sólo que yo le decía: '¿Dónde has estado todo el día, Martin, hijo mío?'. Y entonces, al empezar a cantarla junto a la ventana, oí la voz del hombre que, desde nuestra alcoba, se unía a la mía para cantar el segundo verso: '¿Dónde has estado todo el día, mi precioso Tom?'. Pero el niño, mi niño Martin o su niño que también se llamaba Tom, ya no lloraba. Y cuando el hombre y yo acabamos de cantar la canción de Lord Rendall, no pude evitar preguntarme cuál de los dos tendría que ir a la horca.

Una noche de amor

Mi vida sexual con mi mujer, Marta, es muy insatisfactoria. Mi mujer es poco lasciva y poco imaginativa, no me dice cosas bonitas y bosteza en cuanto me ve galante. Por eso a veces voy de putas. Pero cada vez son más aprensivas y están más caras, y además son rutinarias. Poco entusiastas. Preferiría que mi mujer, Marta, fuera más lasciva e imaginativa y que me bastara con ella. Fui feliz una noche en que me bastó con ella.

Entre las cosas que me legó mi padre al morir, hay un paquete de cartas que todavía despiden un poco de olor a colonia. No creo que el remitente las perfumara, sino más bien que en algún momento de su vida mi padre las guardó cerca de un frasco y éste se derramó sobre ellas. Aún se ve la mancha, y por tanto el olor es sin duda el de la colonia que usaba y no usó mi padre (puesto que se derramó), y no el de la mujer que se las fue mandando. Este olor, además, es el característico de él, que yo conocí muy bien y era invariable y no he olvidado, siempre el mismo durante mi infancia y durante mi adolescencia y durante buena parte de mi juventud, en la que estoy aún instalado o que aún no he abandonado. Por eso, antes de que la edad pudiera inhibir mi interés por estas cosas —lo galante o lo pasional—, decidí mirar el paquete de cartas que me legó y que hasta entonces no había tenido curiosidad por mirar.

Esas cartas las escribió una mujer que se llamaba o aún se llama Mercedes. Utilizaba un papel azulado y tinta negra. Su letra era grande y maternal, de trazo rápido, como si con ella no aspirara ya a causar impresión, sin duda porque sabía que ya la había causado hasta la eternidad. Pues las cartas están escritas como por alguien que hubiera muerto ya cuando las escribía, se pretenden mensajes de la ultratumba. No puedo por menos de pensar que se trataba de un juego, uno de esos juegos a los que son tan aficionados los niños y los amantes, y que consisten esencialmente en hacerse pasar por quien no se es, o, dicho de otro modo, en darse apelativos ficticios y crearse existencias ficticias, seguramente por el temor (no los niños, pero sí los amantes) de que sus sentimientos demasiado fuertes acaben con ellos si admiten que son ellos, con sus verdaderas existencias y nombres, quienes sufren las experiencias. Es una manera de amortiguar lo más pasional y lo más intenso, hacer como que le pasa a otro, y es también la mejor manera de observarlo, de ser también espectador y darse cuenta de ello. Además de vivirlo, darse cuenta de ello.

Esa mujer que firmaba Mercedes había optado por la ficción de enviarle su amor a mi padre desde después de la muerte, y tan convencida parecía del lugar o momento eterno que ocupaba mientras escribía (o tan segura de la aceptación de aquella convención por parte del destinatario) que poco o nada parecía importarle el hecho de confiar sus sobres al correo ni de que éstos llevaran sellos normales y matasellos de la ciudad de Gijón. Iban fechadas, y lo único que no llevaban era remite, pero esto, en una relación semiclandestina (las cartas pertenecen todas al periodo de viudez de mi padre, pero él jamás me habló de esta pasión tardía), es poco menos que obligado. Tampoco tendría nada de particular la existencia de esta correspondencia a la que ignoro si mi padre contestaría o no por la vía ordinaria, pues nada más frecuente que el sometimiento sexual de los viudos a mujeres intrépidas y fogosas (o desengañadas). Por otra parte, las declaraciones, promesas, exigencias, rememoraciones, vehemencias, protestas, encendimientos y obscenidades de que se nutren estas cartas (sobre todo de obscenidades) son convencionales y destacan menos por su estilo que por su atrevimiento. Nada de esto tendría nada de particular, digo, si no fuera porque a los pocos días de decidirme a abrir el paquete y pasar mi vista por las hojas azuladas con más ecuanimidad que escándalo, yo mismo recibí una carta de la mujer llamada Mercedes, de la que no puedo añadir que aún vive, puesto que más bien parecía estar muerta desde el principio.

La carta de Mercedes dirigida a mi nombre era muy correcta, no se tomaba confianzas por el hecho de haber tenido intimidad con mi progenitor ni tampoco incurría en la vulgaridad de trasladar su amor por el padre, ahora que éste había muerto, a un enfermizo amor por el hijo, que seguía y sigue vivo y era y soy yo. Con escasa vergüenza por saberme enterado de su relación, se limitaba a exponerme una preocupación y una queja y a reclamar la presencia del amante, quien, en contra de lo prometido tantas y tantas veces, aún no había llegado a su lado seis meses después de su muerte: no se había reunido con ella allí donde habían acordado, o quizá sería mejor decir *cuando*. A su modo de ver, aquello sólo podía deberse a dos posibles causas: a un repentino y postrer desamor en el momento de la expiración que habría hecho incumplir su palabra al difunto, o a que, en contra de lo dispuesto por él, su cuerpo hubiera sido enterrado y no incinerado, lo que —según Mercedes, que lo comentaba con naturalidad— podría, si no imposibilitar, sí dificultar el escatológico encuentro o reencuentro.

Era cierto que mi padre había solicitado su cremación, aunque sin demasiada insistencia (tal vez porque fue sólo al final, con la voluntad minada), y que sin embargo había sido enterrado junto a mi madre, ya que aún quedaba un sitio en el panteón familiar. Marta y yo lo juzgamos más propio y sensato y más cómodo. La broma me pareció de mal gusto. Arrojé la nueva misiva de Mercedes a la papelera y aún estuve tentado de hacer lo mismo con el paquete antiguo. El nuevo sobre llevaba sellos vigentes y matasellos también de Gijón. No olía a nada. No estaba dispuesto a exhumar los restos para luego prenderles fuego.

La siguiente carta no tardó en llegar, y en ella Mercedes, como si estuviera al tanto de mi reflexión, me suplicaba que incinerara a mi padre, pues no podía seguir viviendo (así decía, seguir viviendo) en aquella incertidumbre. Prefería saber que mi padre había determinado no reunirse finalmente con ella antes que seguir esperándole por toda la eternidad, quizá en vano. Aún me hablaba de usted. No puedo negar que aquella carta me conmovió fugazmente (esto es, *mientras* la leía y no luego), pero el conspicuo matasellos de Asturias era algo demasiado prosaico para que pudiera ver todo aquello como otra cosa que una broma macabra. La segunda carta fue también a la papelera. Mi mujer, Marta, me vio romperla, y preguntó:

—¿Qué es eso que te ha irritado tanto? —Mi gesto debió ser violento.

—Nada, nada —dije yo, y cuidé de recoger los pedazos para que no pudiera recomponerla.

Esperaba una tercera carta, y justamente porque la esperaba tardó en llegar más de lo previsto o a mí la espera se me hizo más larga. Era muy distinta de las anteriores y se asemejaba a las que había recibido mi padre durante un tiempo: Mercedes me tuteaba y se me ofrecía en cuerpo, que no en alma. 'Podrás hacer lo que quieras conmigo', me decía, 'cuanto imaginas y cuanto no te atreves a imaginar que puede hacerse con un cuerpo ajeno, con el del otro. Si accedes a mi súplica de desenterrar e incinerar a tu padre, de permitir que se pueda reunir conmigo, no volverás a olvidarme en toda tu vida ni aun en tu muerte, porque te engulliré, y me engullirás.' Creo que al leer esto por vez primera me ruboricé, y durante una fracción de segundo cruzó por mi cabeza la idea de viajar a Gijón, para ponerme a tiro (me atrae lo insólito, soy sucio en el sexo). Pero en seguida pensé: 'Qué absurdo. Ni siquiera sé su apellido'. Sin embargo esta tercera carta no fue a la papelera. Aún la escondo.

Fue entonces cuando Marta empezó a cambiar de actitud. No es que de un día para otro se convirtiera en una mujer ardiente y dejara de bostezar, pero fui advirtiendo un mayor interés y curiosidad por mí o por mi cuerpo ya no muy joven, como si intuyera una infidelidad por mi parte y estuviera alerta, o bien la hubiera cometido ella y quisiera averiguar si también conmigo era posible lo recién descubierto.

—Ven aquí —me decía a veces, y ella nunca me había solicitado. O bien hablaba un poco, decía por ejemplo—: Sí, sí, ahora sí.

Aquella tercera carta que prometía tanto me había dejado a la espera de una cuarta aún más que la segunda irritante a la espera de la tercera. Pero esa cuarta no llegaba, y me daba cuenta de que aguardaba el correo diario con cada vez mayor impaciencia. Noté que sentía un vuelco cada vez que un sobre no llevaba remite, y entonces mis ojos iban rápidamente hasta el matasellos, por ver si era de Gijón. Pero nadie escribe nunca desde Gijón.

Pasaron los meses, y el día de Difuntos Marta y yo fuimos a llevar flores a la tumba de mis padres, que es también la de mis abuelos y la de mi hermana.

—No sé qué pasará con nosotros —le dije a Marta mientras respirábamos el aire puro del cementerio sentados en un banco cercano a nuestro panteón. Yo fumaba un cigarrillo y ella se controlaba las uñas estirando los dedos a cierta distancia de sí, como quien impone calma a una multitud—. Quiero decir cuando nos muramos, aquí ya no queda sitio.

—En qué cosas piensas.

Miré a lo lejos para adoptar un aire ensoñado que justificara lo que iba a decir y dije:

—A mí me gustaría ser enterrado. Da una idea de reposo que no da la incineración. Mi padre quiso que lo incineráramos, ¿recuerdas?, y no cumplimos su voluntad. Debimos seguirla, creo yo. A mí me molestaría que no se cumpliera la mía, de ser enterrado. ¿Qué te parece? Deberíamos desenterrarlo. Así, además, habría sitio para mí cuando muera, en el panteón. Tú podrías ir al de tus padres.

—Vámonos de aquí, me estás poniendo enferma.

Echamos a caminar por entre las tumbas, en busca de la salida. Hacía sol. Pero a los diez o doce pasos yo me detuve, miré la brasa de mi cigarrillo y dije:

—¿No crees que deberíamos incinerarlo?

—Haz lo que quieras, pero vámonos ya de aquí.

Arrojé el cigarrillo al suelo y lo sepulté en la tierra, con el zapato.

Marta no estuvo interesada en asistir a la ceremonia, que careció de toda emoción y me tuvo a mí por solo testigo. Los restos de mi padre pasaron de ser vagamente reconocibles en un ataúd a ser irreconocibles en una urna. No pensé que hiciera falta esparcirlos, y además, hacer eso está prohibido.

Al regresar a casa, ya tarde, me sentí deprimido; me senté en el sillón sin quitarme el abrigo ni encender la luz y me quedé allí esperando, musitando, pensando, oyendo la ducha de Marta a lo lejos, quizá reponiéndome de la responsabilidad y el esfuerzo de haber hecho algo que estaba pendiente desde hacía tiempo, de haber cumplido un deseo (un deseo ajeno). Al cabo de un rato mi mujer, Marta, salió del cuarto de baño con el pelo aún mojado y envuelta en su albornoz, que es rosa pálido. La iluminaba la luz del baño, en el que había vaho. Se sentó en el suelo, a mis pies, y apoyó la cabeza húmeda en mis rodillas. Al cabo de unos segundos yo dije:

—¿No deberías secarte? Me estás mojando el abrigo y el pantalón.

—Te voy a mojar entero —dijo ella, y no llevaba nada debajo del albornoz. Nos iluminaba la luz del baño, a lo lejos.

Aquella noche fui feliz porque mi mujer, Marta, fue lasciva e imaginativa, me dijo cosas bonitas y no bostezó, y me bastó con ella. Eso nunca lo olvidaré. No se ha vuelto a repetir. Fue una noche de amor. No se ha vuelto a repetir.

Unos días después recibí la cuarta carta tanto tiempo esperada. Todavía no me he atrevido a abrirla, y a veces tengo la tentación de romperla sin más, de no leerla jamás. En parte es porque creo saber y temo lo que dirá esa carta, que, a diferencia de las tres que me dirigió Mercedes con anterioridad, tiene olor, huele un poco a colonia, a una colonia que no he olvidado o que conozco bien. No he vuelto a tener una noche de amor, y por eso, porque no se ha vuelto a repetir, tengo a veces la extraña sensación, cuando la rememoro con añoranza e intensidad, de que aquella noche traicioné a mi padre, o de que mi mujer, Marta, me traicionó a mí con él (quizá porque nos dimos apelativos ficticios o nos creamos existencias que no eran las nuestras), aunque no cabe duda de que aquella noche, en la casa, en la oscuridad, sobre el albornoz, sólo estábamos Marta y yo. Como siempre Marta y yo.

No he vuelto a tener una noche de amor ni me ha vuelto a bastar con ella, y por eso también sigo yendo de putas, cada vez más caras y más aprensivas, no sé si probar con los travestidos. Pero todo eso me interesa poco, no me preocupa y es pasajero, aunque haya de durar aún. A veces me sorprendo pensando que en su momento lo más fácil y deseable sería que Marta muriera antes, porque así podría enterrarla en el sitio del panteón que quedó vacante. De este modo no tendría que darle explicaciones sobre mi cambio de parecer, pues ahora deseo que se me incinere y no se me entierre, en modo alguno que se me entierre. Sin embargo no sé si ganaría algo con eso —me sorprendo pensando—, pues mi padre debe de estar ocupando su puesto junto a Mercedes, mi puesto, por toda la eternidad. Una vez incinerado, así pues —me sorprendo pensando—, tendría que acabar con mi padre, pero no sé cómo puede acabarse con alguien que ya está muerto. Pienso a veces si esa carta que aún no he abierto no dirá algo distinto de lo que imagino y temo, si no me daría ella la solución, si no me preferirá. Luego pienso: 'Qué absurdo. Ni siquiera nos hemos visto'. Luego miro la carta y la huelo y le doy vueltas entre mis manos, y al final acabo escondiéndola siempre, sin abrirla aún.

Un epigrama de lealtad

Para Montse Mateu

[*Aviso: Aunque este episodio de la vida del escritor John Gawsworth es un texto nuevo e independiente, cabe advertir que sólo los lectores de mi novela* Todas las almas *(1989) dispondrán de todos los datos para su comprensión cabal.* J M]

El señor James Lawson levantó la vista. Aquella misma mañana había cambiado el escaparate de la librería de la que era gerente, Bertram Rota Ltd, de Long Acre, Covent Garden, una de las más prestigiosas y delicadas librerías de viejo de la ciudad de Londres. No solía llenar el escaparate, a lo sumo diez libros o manuscritos expuestos, todos ellos de gran valor e inteligentemente escogidos. La clase de ediciones que podía llamar la atención de sus clientes habituales, todos caballeros distinguidísimos y alguna elegante dama bibliófila. Aquella mañana había colocado, con orgullo, títulos como *Salmagundi*, de William Faulkner, que no se había publicado nunca más desde aquella edición de 1932 (525 ejemplares numerados), y la primera de *Jacob's Room*, de Virginia Woolf, que costaba dos mil libras. Aunque era él quien fijaba los precios según el mercado, no acababa de acostumbrarse a que un libro valiera tanto. Pero esto no era nada al lado de la versión mecanografiada y corregida por el propio Beckett de su novela *Watt*, cuyo precio había sido tasado en cincuenta mil libras. Había dudado a la hora de ponerlo en el escaparate, era un objeto demasiado valioso, pero finalmente se había decidido. Constituía un gran motivo de satisfacción, y al fin y al cabo él iba a estar allí, sentado a su mesa, toda la mañana y toda la tarde, sin moverse, vigilando el escaparate. Sin embargo estaba nervioso, y por eso levantaba la vista de la mesa en cuanto notaba que había alguien, alguna figura, parada delante de la vitrina. Incluso cuando los transeúntes pasaban levantaba la vista (aunque no se pararan). Esta vez la dejó levantada, porque vio ante sí, parado, a un mendigo de aspecto fiero. Llevaba el pelo algo largo y una barba rojiza de pocos días, era corpulento y tenía una gran nariz que parecía partida. Sus ropas eran astrosas y de color indefinido, como las de cualquier pordiosero, y en la mano derecha sostenía una botella de cerveza ya mediada. Pero no bebía, es decir, no se la llevaba a la boca de vez en cuando, sino que estaba absorto, mirando fijamente el escaparate de Bertram Rota. El señor Lawson se preguntó qué estaría mirando. ¿Camus? Había expuesto en la vitrina, abierto por la página indicada, un ejemplar de *La Chute* dedicado por el propio autor. Pero no, *La Chute* lo había colocado a la derecha, junto al texto mecanografiado de *Watt*, y el mendigo tenía la vista clavada en el lado izquierdo. Allí había expuesto *Salmagundi* y la segunda edición de *Oliver Twist*, trescientas libras, de 1839. Quizá Dickens podía interesar al mendigo más que Faulkner. A Dickens podía haberlo leído en la escuela, no a Faulkner, pues aquel hombre no tendría menos de sesenta años, tal vez más.

El señor Lawson bajó la vista un instante, creyendo (pero sin pensarlo) que quizá de este modo el mendigo desaparecería. En seguida volvió a levantarla, y para su sorpresa descubrió que el hombre ya no estaba, el escaparate no tenía ninguna figura delante. Se puso en pie y controló, empinándose un poco, que todo estaba en orden en la vitrina. Quizá debía retirar *Watt* de allí, cincuenta mil libras, o dejar sólo las primeras páginas. Volvió a su sitio y durante un par de minutos fijó su atención en el nuevo catálogo que estaba confeccionando, pero otra vez notó que había menos luz (alguien amortiguaba la que venía desde la calle) y se vio obligado a alzar los ojos. Allí estaba de nuevo el mendigo con su botella en la mano (a aquella cerveza ya no le quedaba espuma), acompañado ahora por otros dos, a cual más desharrapado. Uno era joven, un negro con mitones verdes y pendiente muy visible en la oreja izquierda; el otro, de la misma edad que el primero, con un cráneo abombado que hacía aún más pequeña la gorra de jockey llena de churretones (morada y blanca, pero el morado había palidecido y el blanco era amarillo) con que intentaba cubrirlo. El pordiosero de la barba rojiza los instaba a acercarse y cuando los hubo convencido los tres miraron el escaparate, de nuevo hacia el lado izquierdo, y el primer mendigo señaló algo con su dedo fuliginoso. Lo señaló con orgullo, porque tras señalarlo sonrió y se volvió hacia sus compañeros, primero hacia el negro, luego hacia el jockey, con satisfacción manifiesta. ¿*Salmagundi*? ¿Dickens? También estaba en esa zona del escaparate un curioso documento: un panfleto de ocho páginas que en la descripción del catálogo anterior Lawson había titulado *Un epigrama de lealtad*. Se trataba de tres poemas de Dylan Thomas que no figuraban en ningún otro sitio. Abrió un cajón y sacó el catálogo en que se anunciaba, el 250 desde la fundación de Rota, y releyó rápidamente la descripción: 'Impreso privadamente para los miembros de la Corte del Reino de Redonda [1953]'. Hacía diecisiete años. 'Treinta ejemplares conmemorativos, numerados por John Gawsworth. Muy raro. Estos tres poemas, que no constan en la bibliografía de Rolph sobre Thomas, son testamentos de la "lealtad" del poeta hacia John Gawsworth, Juan I, King of Redonda, quien nombró a Thomas "duque de Gweno" en 1947. £500.' Quinientas libras, no está mal para unas pocas hojas impresas, pensó Lawson. Tal vez los mendigos estaban mirando aquello. Vio que el de la barba rojiza se señalalaba ahora a sí mismo, dándose unos golpecitos en el pecho con su dedo índice. Los otros dos también lo señalaron, pero como se señala, también con el dedo índice pero a distancia, a quien provoca irrisión. Los tres charlaban y discutían ahora, Lawson no oía nada, pero le estaban poniendo nervioso, ¿por qué habían decidido pararse tanto rato delante de *su* escaparate? No es que las ventas de Rota dependieran de los transeúntes, pero en todo caso estaban ahuyentando, con su presencia temible, a cualquier posible cliente distinguido. Sólo la gente distinguida compraba en Rota. Tampoco podía echarlos, no estaban infringiendo ninguna ley, estaban sólo mirando un escaparate de libros antiguos. Pero en ese escaparate estaba *Watt*, y *Watt* valía cincuenta mil libras.

Lawson se levantó y se acercó a ellos, por su lado de los cristales. Quizá si notaban que él los vigilaba desde el interior acabarían por marcharse. Cruzó los brazos y los miró fijamente, con sus ojos azules. Sabía que tenía unos ojos tibios, azules, fríos, sabía que podía disuadir con la mirada, iba a disuadirlos con la mirada. Pero los tres pordioseros seguían enzarzados en su discusión, no le hacían caso o su presencia, aunque más cercana, les resultaba indiferente. De vez en cuando el primer mendigo volvía a señalar el escaparate, y ahora a Lawson ya no le cabía duda de que su interés estaba centrado en el *Epigrama de lealtad*. Lawson ya no pudo resistir. Abrió la puerta y desde el umbral se dirigió a ellos.

—¿Puedo serles de utilidad?

El mendigo de la barba rojiza miró a Lawson de arriba abajo, como a un intruso. Era bastante más alto que Lawson, en verdad era corpulento pese a sus años y a su desolado aspecto. Lawson pensó que aquel hombre podría pegarle con facilidad, o que los otros dos podrían sujetarle y él meter rápidamente la mano y llevarse el *Epigrama de lealtad*, o, lo que era peor, el *Watt* mecanografiado, cincuenta mil libras. Se arrepintió de haber abierto la puerta. Se estaba exponiendo a un asalto.

—Sí, sí puede —dijo al cabo de unos segundos el mendigo corpulento—. Cuénteles a estos amigos quién es el rey de Redonda. Dígaselo. Usted debe saberlo.

Lawson lo miró perplejo. Casi nadie sabía nada sobre el rey de Redonda, sólo algunos bibliófilos y eruditos, gente de gran cultura, personas expertas. No vio, sin embargo, por qué no había de contestar.

—Se llamaba John Gawsworth, aunque ése no era su verdadero nombre, sino Armstrong. Heredó casualmente el título de rey de Redonda o Redundo, una isla deshabitada de las Antillas, pero nunca tomó posesión. Sin embargo se dedicó a crear nobleza, unos títulos ficticios para sus amigos, como este del poeta Dylan Thomas. —Y Lawson señaló el panfleto a su izquierda—. Él era un escritor muy menor. ¿Por qué les interesa?

—¿Veis cómo es lo que os había dicho? ¿Cómo iba yo a saber todo esto? —dijo el mendigo alto, volviéndose hacia los otros dos. Luego se volvió a Lawson—: ¿A cuánto venden este *Epigrama*?

—No sé si podrían comprarlo —dijo Lawson con paternalismo y falsa vacilación—. Vale quinientas libras.

—Pues mira, quinientas que has perdido —intervino el jockey del abombado cráneo en tono de guasa—. ¿Por qué no nos das unos cuantos títulos y se los vendemos a este señor?

—Calla, imbécil, os estoy diciendo la verdad. Ese panfleto fue mío, la lealtad es hacia mí. —Y, volviéndose de nuevo hacia Lawson, el hombre de la barba rojiza añadió—: ¿Usted sabe qué fue de John Gawsworth?

Lawson empezaba a cansarse de aquella conversación.

—La verdad es que no. Me parece que murió. Su figura es oscura. —Y Lawson miró hacia *Watt*, que por suerte seguía allí (no lo había robado nadie desde dentro de la tienda, ningún otro empleado, mientras él estaba fuera, absurdamente, en la puerta con unos mendigos).

—No, señor, se equivoca —dijo el mendigo—. Es verdad que fue un escritor menor y que su figura es oscura, pero no es verdad que haya muerto. Estos dos no quieren creerme, pero John Gawsworth soy yo. Yo soy el rey de Redonda.

—Oh, vamos —dijo Lawson con impaciencia—. No estorben más, apártense ya del escaparate, están borrachos y si se caen podrían romperlo y hacerse daño. Váyanse ya. —Y con un movimiento rápido se metió otra vez en la tienda y cerró la puerta con pestillo.

Regresó a su mesa y se sentó. El mendigo corpulento lo miraba ahora con frialdad al otro lado de la vitrina. Parecía ofendido. Estaba airado. Aquellos ojos castaños sí que eran tibios, fríos, disuasorios, más que los suyos, azules, disuasorios, fríos. Los otros dos pordioseros reían y daban empellones al corpulento, como diciéndole: 'Venga, vámonos ya' (pero Lawson no lo oía). El mendigo, sin embargo, seguía quieto, como si fuera parte del pavimento, mirando a Lawson con fijeza y frialdad y ofensa. Y éste no pudo resistir su mirada, bajó la vista e intentó enfrascarse de nuevo en la confección del próximo catálogo, el 251 desde la fundación de Rota, la librería exquisita de la que era gerente. Así quizá desaparezca de nuevo, pensó. Si no lo miro ni lo veo, desaparecerá, como la otra vez. Aunque luego volvió, pensó.

Aguantó con los ojos bajos hasta que notó que había más luz. Entonces se atrevió a levantarlos y vio el escaparate despejado. Se puso en pie y se acercó a controlar de nuevo lo que había expuesto en él. Vio en la acera la botella de cerveza hecha añicos. Pero allí seguían, a salvo, a la espera de compradores bibliófilos y distinguidos, *Salmagundi*, trescientas cincuenta libras, y *Oliver Twist*, trescientas, y La *Chute* dedicada, seiscientas, y *Jacob's Room*, dos mil, y *Un epigrama de lealtad*, quinientas, y *Watt*, cincuenta mil. Respiró aliviado y cogió entre sus brazos el texto mecanografiado de *Watt*. Lo había mecanografiado el propio Beckett, que nunca se fió de otras manos. Quizá debía retirarlo, cincuenta mil libras. Lo llevó hasta su mesa para meditarlo, y allí se permitió, durante un instante, un pensamiento absurdo. Si el *Epigrama de lealtad* hubiera tenido la firma de Gawsworth, su precio se habría doblado. Mil libras, pensó.

Lawson levantó la vista, pero el escaparate seguía despejado.

Mientras ellas duermen

Para Daniella Pittarello,
por sus tantos conocimientos útiles

Durante tres semanas los vi a diario y ahora no sé qué habrá sido de ellos. Probablemente no vuelva a verlos, al menos a ella, pienso, se da por supuesto que las conversaciones y aun las confidencias veraniegas no deben llevar a ninguna parte. Nadie está en contra de esta suposición, ni siquiera yo mismo, que ahora me estoy preguntando por ellos o quizá los echo un poco de menos. Vagamente de menos, como todo lo que desaparece.

Casi todas las veces los vi en la playa, donde en principio resulta difícil fijarse en nadie. A mí me lo resulta particularmente, puesto que soy miope y prefiero ver borroso antes que volver a Madrid con una especie de antifaz blanco por culpa de un bronceado imperfecto en el rostro, y las lentillas nunca las llevo a la arena y el agua, donde podrían perderse para siempre. Aun así, desde el primer momento estuve tentado de rebuscar y sacar las gafas que mi mujer, Luisa, guardaba dentro de la funda en su bolsa, y en realidad la tentación provenía de ella, que, por así decir, me iba radiando los movimientos más peculiares de los más peculiares bañistas a nuestro alrededor.

—Sí, lo veo, pero borroso, no distingo las facciones —decía yo cuando ella, en voz baja innecesaria por el estruendo playero, divertida, me llamaba la atención sobre algún personaje. Yo guiñaba los ojos una vez y otra, sintiendo gran pereza ante la idea de buscar mis gafas para al poco, satisfecha mi curiosidad, volver a dejarlas en su lugar recóndito. Hasta que la propia Luisa, que sabe las cosas más raras e insignificantes y siempre me sorprende con sus conocimientos útiles, me pasó su sombrero de paja tejida —más a mano que las escondidas gafas, pues estaba sobre su cabeza— y me aconsejó mirar a través de sus intersticios. A través de ellos, en efecto, descubrí que veía casi como si llevara los lentes, con más nitidez aunque mi campo visual se redujera muchísimo. A partir de aquel hallazgo yo mismo debí de convertirme en uno de los más peculiares o estrafalarios bañistas, habida cuenta de que con frecuencia tenía un sombrero de mujer con cintas puesto ante la cara, sujetado con mi mano derecha, a través del cual oteaba de aquí para allá a lo largo de la playa vecina a Fornells, donde nos alojábamos. Luisa, sin decirme nada ni poner mal gesto, hubo de comprarse otro sombrero que le gustaba menos, pues el suyo, con el que tenía a bien proteger su rostro —su rostro tallado y cándido y aún sin arrugas—, pasó a ser de mi exclusivo uso, nunca sobre la cabeza, sino ante mis ojos, el sombrero con el que veía.

Un día nos distraíamos siguiendo las hazañas de un marinerito italiano, esto es, de un insubordinado niñito de apenas un año que llevaba por todo atuendo un gorro de marinero y que, según íbamos anticipando, destrozaba fortificaciones de arena de sus hermanos o primos mayores y probablemente amistades firmes de sus progenitores con tanta facilidad como consumía agua salada (yo creo que tragaba litros) al menor descuido de las familias que lo acompañaban. El gorrito lo perdía con demasiada frecuencia y entonces quedaba completamente desnudo y volcado en la orilla, como un Cupido abominado. Otro día seguíamos los comentarios despóticos y las perezosas andanzas de un inglés de mediana edad —la isla perdida de ingleses— que opinaba de continuo sobre la temperatura, la arena, el viento y las olas con tanto énfasis y grandilocuencia como si cada vez estuviera emitiendo una profunda máxima o aforismo largamente meditados. Aquel hombre tenía la virtud, cada vez más en desuso, de creer que todo es importante, todo lo que de uno mismo proviene, es decir, tenía la virtud de saberse único. Su carácter holgazán era visible en la posición de sus piernas —siempre estiradas sin armonía— y en el hecho de que no se quitara la camiseta verde con que resguardaba del sol su redondeado tórax ni siquiera para entrar en el agua. Claro que no nadaba, y cuando se adentraba un poco, caminando, en el mar, era sólo persiguiendo a algún otro vástago de su raza para fotografiarlo en acción con mejor perspectiva o desde más cerca. Con el estómago verde mojado —pero no, por ejemplo, el pecho—, regresaba hasta la orilla mascullando sentencias inolvidables que desmenuzaba el viento al tiempo que, inseguro tal vez de que su cámara no hubiera recibido salpicaduras, se la ponía al oído como si fuera una radio, supongo que para comprobar de ese primitivo modo que no había sufrido daños. O quizá, pensábamos, se trataba de una máquina-radio.

Un día los vimos a ellos, quiero decir que nuestra atención reparó en ellos, en realidad la de Luisa primero, luego la mía con mi sombrero visivo. A partir de entonces se convirtieron en nuestros favoritos, y, sin reconocérnoslo, cada mañana los buscábamos con la mirada antes de escoger nuestro sitio y lo escogíamos cercano al suyo. En una sola ocasión llegamos a la playa antes que ellos, pero al poco los vimos avanzar montados en una Harley-Davidson gigantesca, él al manillar con su casco negro (pero las correas sueltas), ella abrazada a su espalda con la melena al viento. Creo yo que lo que nos impulsaba a procurar su vecindad era que nos ofrecían algo visible infrecuentemente y de lo que a duras penas se puede apartar la vista cuando se ofrece, esto es, el espectáculo de la adoración. Como manda el antiguo canon aún no prescrito, era él, el hombre, quien adoraba, y ella, la mujer, el ídolo, como tal indiferente (o quizá aburrido, deseoso de algún agravio). Ella era hermosa, indolente, pasiva, de carácter extenuado. A lo largo de las tres horas que permanecíamos en la playa (ellos se quedaban más, harían allí la siesta y quién sabe si hasta el ocaso) apenas si se movía, y desde luego no se ocupaba de nada que no fuera su propio embellecimiento y aseo. Dormitaba, en todo caso solía estar tumbada y con los ojos cerrados, boca arriba, boca abajo, de un costado, del otro, untada de cremas, brillante, los brazos y las piernas siempre extendidos para que no dejaran de broncearse los pliegues de la piel, ni las axilas, ni aun las ingles (ni por supuesto las nalgas), pues su braguita era minúscula y las dejaba al descubierto sin que asomara lateralmente el menor rastro de vello, lo cual hacía pensar (o a mí me lo hacía) en un previo afeitado pélvico. De vez en cuando se incorporaba o sentaba, y entonces se quedaba largo rato con las piernas encogidas mientras se esmaltaba o pulía las uñas o, con un pequeño espejo en la mano, se buscaba en el rostro o los hombros imperfecciones cutáneas o alguna traza pilosa indeseada. Era curioso ver cómo aplicaba el espejo a las partes del cuerpo más inverosímiles (sería un espejo de aumento), no sólo a los hombros, digo, sino a los codos, a las pantorrillas, a las caderas, a los pechos, al interior de los muslos, también al ombligo. Aquel ombligo no tendría nunca la menor adherencia, estoy seguro, y quizá su dueña no habría deseado más que poder suprimirlo. Además de su traje de baño exiguo, llevaba pulseras y varias sortijas, de éstas nunca menos de ocho repartidas entre cuatro dedos, pocas veces la vi meterse en el agua. Su belleza sería fácil decir que era convencional, pero resultaría una definición pobre o demasiado amplia o vaga. Se trataba más bien de una belleza irreal, lo cual, en este caso, quiere decir lo mismo que ideal. Era la belleza en la que piensan los niños, que es casi siempre (excepto en los ya desviados) una belleza pulcra, sin ninguna arista, en reposo, mansa, privada de gestos, de piel muy blanca y pecho muy grande, ojos redondos —no rasgados al menos— y labios idénticos —quiero decir superior e inferior idénticos entre sí, como si fueran inferiores ambos—: una belleza de dibujos animados o, si se prefiere, de anuncio, pero no de cualquier anuncio, sino de los que suelen verse en las farmacias, deliberadamente desprovistos de toda sensualidad para que no turben a las mujeres ni a los ancianos, que son los mayores frecuentadores de las farmacias. En modo alguno era virginal, sin embargo, y aunque no quisiera decir que era una belleza lechosa, lo era, o si no cremosa, a la que costaría adquirir un tono de piel moreno (su piel era brillante, pero no dorada), como el que tenía ya Luisa; era una belleza lisa, exuberante pero que no invitaba al tacto (aunque quizá vestida), como si anunciara derretirse a la menor presión, al menor contacto, como si hasta una caricia o un beso suave se fueran a tornar en ella violencia y ultraje.

Así debía de parecerle también a su acompañante, al hombre, por lo menos en las horas del día. Era lo que se llama un gordo o incluso un gordo infame o también gordo seboso, y debía de llevarle a la joven no menos de treinta años. Como tantos calvos, creía paliar su carencia con un peinado romano hacia adelante (ineficaz, nunca alcanza) y un bigote abundante y cuidado, y disfrazar sus años en aquel escenario con un traje de baño partido en dos, quiero decir bicolor, la pernera derecha verde limón y la izquierda morada aquel día primero, pues tanto él como ella cambiaban de prenda casi a diario. Nunca los dos colores (el modelo era siempre el mismo, eran ellos los que variaban) me parecieron bien combinados, aunque eran colores originales: azul persa y albaricoque, melocotón y malvarrosa, ultramarino y verde Nilo. El traje de baño era tan pequeño como el volumen de su cuerpo le permitía, lo cual hacía que sus movimientos fueran un poco rígidos, la amenaza de un desgarrón siempre presente, impropio hablar de perneras. Y lo cierto es que se movía sin pausa, ágilmente, con una cámara de vídeo en las manos. Mientras su compañera permanecía completamente inmóvil u ociosa durante horas, él no cesaba de dar vueltas a su alrededor para filmarla incansablemente, se empinaba, se retorcía, se tiraba por tierra, boca arriba y boca abajo, le hacía planos generales, planos americanos, primeros planos, travellings y panorámicas, picados y contrapicados, la tomaba de frente, de costado y de espaldas (de ambos costados), le filmaba la cara inerte, y los hombros redondeados, los pechos voluminosos, las caderas lo bastante anchas, los muslos tan firmes, los no mínimos pies con las uñas también esmaltadas, las plantas, las pantorrillas, las ingles y las axilas, tan despojadas. Le filmaba las gotas de sudor que hacía brotar el sol, sin duda los mismísimos poros, aunque justamente aquella piel uniforme y tersa parecía carecer de poros, y de dobleces, de accidentes de ninguna clase, no había ni una estría en sus nalgas. El gordo filmaba todos los días durante horas, con escasos intervalos, y filmaba siempre el mismo espectáculo, la quietud y el tedio de la belleza irreal que lo acompañaba. No le interesaban la arena ni el agua, que cambiaban de color a medida que avanzaba el día, ni los árboles o las rocas en la distancia, ni una cometa al vuelo ni un barco en la lejanía, ni las otras mujeres, ni el marinerito italiano ni el inglés despótico, o Luisa. A la joven no le pedía que hiciera cosas —juegos, esfuerzos, posturas—, parecía bastarle con el registro visual, un día tras otro, del cuerpo estatuario y desnudo, de la carne pausada y dócil, del rostro inexpresivo y de ojos cerrados o escrupulosos, de una rodilla que se flexionaba o un pecho que se inclinaba o un dedo índice que lentamente se apartaba una mota de la mejilla. Para él, sin duda, aquella visión monótona resultaba un portento y novedosa siempre, a cada instante. Donde Luisa o yo o cualquier otro veríamos reiteración y cansancio, él debía de ver un espectáculo insólito a cada momento, multiforme, variado, absorbente, como puede llegar a serlo un cuadro cuando el que contempla olvida que le esperan otros en su recorrido y pierde la noción del tiempo, y pierde también, por tanto, el hábito de mirar, sustituido o suplantado —o quizá excluido— por la capacidad de ver, que es lo que casi nunca hacemos porque está reñido con lo temporal. Pues es entonces cuando lo *ve* todo, las figuras y el fondo, la luz, la composición y las sombras, lo voluminoso y lo plano, el pigmento y el trazo, y cada pincelada. Es decir, ve la representación y también lo rugoso, y es entonces cuando está facultado para volver a pintar con su vista el cuadro.

Hablaban poco, de vez en cuando, frases cortas que no alcanzaban a establecerse como conversación ni diálogo, cualquier asomo de ellos moría de forma natural, interrumpido por la atención que la mujer prestaba a su cuerpo, en el que se ensimismaba, o por la atención —indirecta— que también le prestaba el hombre, siempre a través de su cámara. En realidad no recuerdo que él se parara nunca a admirarla directamente, con sus propios ojos sin nada ante ellos. En esto era como yo, que a mi vez los miraba a ambos a través del velo de mi miopía o a través de mi sombrero de aumento. Sólo Luisa, de nosotros cuatro, lo veía todo sin dificultad y sin mediación, pues la mujer, yo creo, no veía ni tan siquiera miraba a nadie, y en cuanto a sí misma, las más de las veces utilizaba su espejo para escrutarse e inspeccionarse, y a menudo se ponía unas gafas de sol interplanetarias.

—Cómo pica hoy el sol, ¿no? Tendrías que darte un poco más de crema, no te vayas a quemar —decía el gordo en alguna pausa de sus recorridos giratorios en torno al cuerpo de su adoración; y al no recibir respuesta inmediata, decía el nombre, como las madres dicen los de sus hijos—: Inés. Inés.

—Sí, más que ayer, pero ya me he puesto factor diez, no me voy a quemar —contestaba el cuerpo Inés con desgana y en voz apenas audible mientras con unas pinzas se arrancaba un minúsculo pellejito del mentón.

No había continuidad.

Un día dijo Luisa, con quien yo sí mantenía conversaciones:

—La verdad es que no sé si me gustaría ser filmada, como la pobre Inés. Me pondría nerviosa, aunque supongo que si la cosa fuera tan persistente como la del gordo, acabaría acostumbrándome. Y quizá me cuidaría tanto como se cuida ella, a lo mejor lo hace justamente porque siempre la están filmando, se cuida porque luego va a verse, o para la posteridad. —Luisa rebuscó en su bolsa, sacó un espejito y se miró con interés los ojos, que al sol eran de color ciruela, con irisaciones—. Aunque no sé qué posteridad podría entretenerse en mirar esos vídeos tan aburridos. Me pregunto si la filmará también durante el resto del día.

—Es lo más probable —dije yo—. ¿Qué sentido tendría limitarse sólo a la playa? No creo que necesite de ese pretexto para verla desnuda.

—No creo que la filme por estar desnuda, sino seguramente en toda ocasión, quién sabe si hasta cuando esté dormida. Es conmovedor, se ve que sólo piensa en ella. Pero no sé si me gustaría. Pobre Inés. A ella no parece importarle.

Aquella noche, al acostarnos en la cama de matrimonio del hotel, los dos a la vez, cada uno por su lado, me acordé de las frases que habíamos cruzado y que acabo de recordar por escrito, y eso me impidió dormir y me dediqué a observar el sueño de Luisa durante largo rato, sin más luz que la de la luna, a oscuras. Pobre Inés, había dicho. Su respiración era suave, aunque audible en el silencio de la habitación y el hotel y la isla, y su cuerpo no se movía, a excepción de los párpados, bajo los cuales eran sin duda los ojos los que en realidad se movían, como si no pudieran acostumbrarse durante la noche a dejar de hacer lo que hacían durante el día. El gordo, pensé, tal vez estaría también despierto, filmando los quietos párpados de la belleza Inés, o quizá le retiraría las sábanas y le colocaría con mucha cautela el cuerpo en diferentes posturas, para filmarla dormida. Con el camisón levantado quizá, por ejemplo, o con las piernas abiertas si no usaba camisón ni pijama. Luisa no usaba camisón ni pijama, en verano, pero se envolvía en las sábanas como si fueran una toga, las sujetaba en torno a su cuello con ambas manos, dejándose sin embargo, a veces, un hombro y la nuca al descubierto. Yo se los cubría si me daba cuenta, y también tenía que luchar un poco para conseguir arroparme, por mi lado. Esto sólo nos sucedía en verano.

Me levanté y salí a la terraza para hacer tiempo hasta que viniera mi sueño, y desde allí, acodado sobre la barandilla, miré primero hacia el cielo y luego hacia abajo, y entonces creí ver al gordo de pronto, sentado solo junto a la piscina, ya a oscuras, el agua sin más reflejos que los astrales. No lo reconocí inmediatamente porque le faltaba el bigote que le había visto a diario, aquella misma mañana, y porque la vista ha de acomodarse a la imagen con ropa de quien siempre se le apareció desvestido. Su ropa era tan fea y mal combinada como sus trajes de baño de dos colores. Llevaba una camisa ancha, por fuera, negra desde mi terraza (desde la distancia) pero con dibujos seguramente, y unos pantalones claros, que se veían azul muy pálido tal vez por efecto del color casi suprimido del agua cercana. Tan cercana que lo habría salpicado de haber tenido oleaje. Calzaba mocasines rojos, y los calcetines (calcetines en la isla) parecían del mismo color que los pantalones, pero insisto en que quizá era la luna en el agua. Tenía la cabeza reclinada sobre una mano, y el codo correspondiente apoyado a su vez en el brazo de una tumbona, floreada, no a rayas, eran los dos modelos de la piscina. No tenía la cámara. Ignoraba que se alojaran en el mismo hotel que nosotros, nunca habíamos coincidido fuera de la playa vecina, vecina a Fornells, al norte, por la mañana. Estaba solo, inmóvil como si fuera Inés, aunque de vez en cuando cambiaba la actitud sesteante y despreocupada de la cabeza y el codo y adoptaba otra en apariencia contraria, el rostro hundido entre las dos manos, los pies encogidos, como si estuviera abatido o tenso, o quizá riendo, solo. En un momento dado se descalzó un pie, o perdió el mocasín accidentalmente, lo cierto es que no extendió ese pie para recuperarlo, sino que se quedó así, con ese pie solamente encalcetinado sobre la hierba, lo cual le confirió en seguida un aire de desvalimiento, desde mi cuarto piso, bajo mi punto de vista. Luisa dormía, e

Inés también dormiría, sin duda Inés necesitaría un mínimo de diez horas de sueño para el mantenimiento de su belleza inmutable. Me vestí a oscuras, sin hacer ningún ruido, comprobé que Luisa estaba bien envuelta en su toga de sábana. Aunque no sabía que yo no estaba en la cama, lo había percibido en su sueño, pues se había colocado en diagonal, invadiendo con sus piernas mi espacio. Bajé en el ascensor, no había mirado la hora, el portero de noche soñaba incómodamente con la cabeza sobre su mostrador, como un futuro decapitado; me había dejado el reloj arriba, todo estaba en silencio, mis mocasines negros hicieron un poco de ruido, sin calcetines. Descorrí la puerta de cristal que daba acceso a la piscina y, una vez sobre la hierba, volví a correrla. El gordo levantó la vista y miró hacia esta puerta, se dio cuenta en seguida de mi presencia, aunque la falta de luz no le permitió distinguirme, quiero decir identificarme. Pero por eso, porque reparó en mí en el acto, hablé al tiempo que avanzaba hacia él y los reflejos de la luna en el agua empezaban a revelarme y a alterar mis colores, según me acercaba.

—Se ha afeitado usted el bigote —dije pasándome el índice por el lugar del bigote y sin estar seguro de poderme permitir tal comentario. Antes de que contestara ya me había llegado a su lado y había tomado asiento en otra tumbona, junto a él, la mía a rayas. Se había erguido, las manos sobre los brazos de la suya, me miraba con un poco de desconcierto, no mucho, desde luego sin desconfianza, como si no le extrañara mi aparición allí, la aparición de alguien. Creo que le veía por vez primera la cara de frente, sin cámara ante sus ojos ni sombrero ante los míos, o bien se la veía simplemente de cerca, mi vista ya acostumbrada a la poca luz por haber estado mirando desde la terraza. Tenía una cara afable, de ojos despiertos, sus facciones no eran feas, sólo gordas, me pareció que era un calvo guapo, como el actor Piccoli o el pianista Richter. Sin el bigote resultaba más joven, o tal vez eran los mocasines rojos, uno de ellos volcado en la hierba. No tenía menos de cincuenta.

—Ah, es usted. No le había reconocido al principio, así vestido, siempre nos vemos en traje de baño. —Había dicho lo que yo había pensado antes, aún arriba. Llevábamos casi tres semanas viéndonos, era imposible que su vista tan ocupada no se hubiera detenido, pese a todo, alguna vez en nosotros, en mí y en Luisa—. ¿No duerme?

—No —dije yo—. El aire acondicionado de la habitación no siempre ayuda. Aquí se está mejor, me parece. ¿No le importa si me quedo un rato?

—No, claro que no. Me llamo Alberto Viana —y me estrechó la mano—. Soy de Barcelona —dijo.

—Yo soy de Madrid —y le mencioné mi nombre. Luego hubo un silencio, y dudé entre hacer algún comentario insignificante sobre la isla y las vacaciones o bien algún otro comentario, casi igual de insignificante, sobre sus costumbres observadas en la playa. Era la curiosidad por éstas lo que me había llevado hasta la piscina, a su lado, y también mi insomnio, pero lo podía haber combatido arriba, incluso haber despertado a Luisa, no lo había hecho. Yo hablaba a media voz. Era improbable que nos pudiera oír nadie, pero la visión de Luisa, y del portero de noche luego, dormidos, me hacía tener la sensación de que si alzaba la voz interrumpiría su sueño, y mi tono quedo había contagiado o condicionado el de Viana al instante.

—Es usted muy aficionado al vídeo, he visto —dije tras la pausa y la duda.

—¿Al vídeo? —dijo él con ligera sorpresa, o como para ganar tiempo—. Ah, ya comprendo. No, no crea, no soy un coleccionista. En realidad no es el vídeo lo que me interesa, por mucho que lo utilice, sino mi novia, usted la ha visto. Sólo a ella la saco en vídeo, lo demás no me interesa, no hago pruebas. Creo que se nota, usted lo habrá notado. —Y rió un poco, entre divertido y avergonzado.

—Sí, desde luego, mi mujer y yo lo hemos notado, no sé si a ella la hace sentirse un poco envidiosa, por tanta atención como usted presta a su novia. Es llamativo. Yo no tengo ni cámara fotográfica. Llevamos ya algún tiempo casados.

—¿No tiene cámara? ¿No le gusta recordar las cosas? —Viana me lo había preguntado con verdadera extrañeza. Su camisa tenía, en efecto, dibujos abigarrados de palmeras y anclas y delfines y proas, pero aun así predominaba en ella el negro divisado desde la distancia; los pantalones y los calcetines seguían viéndose azul pálido, más azules que mis pantalones, blancos, que ya estaban, como los suyos, expuestos no sólo a la luna, sino también a su débil reflejo en el agua.

—Sí, claro que me gusta, pero las cosas se recuerdan de todos modos, ¿no? Uno lleva su propia cámara en la memoria, sólo que no siempre se recuerda lo que se quiere ni se olvida lo que se desea.

—Qué tontería —dijo Viana. Era un hombre franco, nada precavido, podía decir lo que había dicho sin que su interlocutor se sintiera ofendido por ello. Rió otro poco—. ¿Cómo va usted a comparar lo que se recuerda con lo que se ve, con lo que puede volver a verse, tal como fue? ¿Con lo que puede volver a verse una y otra vez, infinitas veces, e incluso detenerse, lo que no pudo hacerse cuando se vio de verdad? Qué solemne tontería —repitió.

—Sí, tiene usted razón —admití—. Pero no me diga que filma todo el rato a su novia para recordarla luego viéndola otra vez en pantalla. ¿O es que es actriz? No le debe quedar tiempo para eso, la filma usted a diario, según he visto. Y si la filma a diario, no hay tiempo para que lo filmado empiece a parecerse al olvido y sienta usted la necesidad de recordarlo de esa manera tan fiel, viéndolo otra vez. A menos que almacene material indefinidamente, para cuando sean viejos y quieran revivir hora a hora estos días de su estancia en Menorca.

—Oh, no almaceno, no crea que almaceno más que fragmentos muy breves, digamos que en total completo una cinta cada tres o cuatro meses. Pero todas ésas están en Barcelona, archivadas. Ella no es actriz, aún es muy joven. Lo que hago aquí (bueno, y allí) es no borrar la cinta de un día hasta que no ha pasado otro, no sé si me entiende. En todo este tiempo no he usado más que dos cintas, siempre las mismas. Grabo una hoy, la guardo, grabo otra mañana, la guardo, y entonces vuelvo a grabar la primera pasado mañana y de este modo la borro. Y así sucesivamente, no sé si me entiende. Aunque esto es un decir, mañana no sé si podré grabar mucho, volvemos ya a Barcelona, se acabaron mis vacaciones.

—Sí le entiendo. Pero luego, una vez allí, ¿qué hará, un montaje con todo lo que ha filmado? No sé si le entiendo.

—No, no me entiende. Una cosa son las cintas artísticas, hechas a propósito para ser guardadas, archivadas. Ésas van por su lado, una cada cuatro meses más o menos. Otra cosa son las filmaciones de cada día. Ésas se borran en cuanto ha pasado otro día.

Quizá por lo tardío de la hora (pero me había dejado el reloj arriba), tuve la sensación de que seguía sin entender del todo, sobre todo la segunda parte de lo último que me había explicado. Tampoco me interesaba mucho el camino que había tomado la conversación, sobre cintas artísticas (así había dicho, lo había oído) y cintas borradas, de a diario. Dudé si despedirme y regresar a la habitación, aunque notaba que aún no me había venido el sueño y pensé que, de subir en aquel momento, acabaría por despertar a Luisa para que me diera ella charla. Como eso no me parecía justo, consideré que era mejor que la charla me la diera todavía quien ya estaba desvelado.

—Pero entonces —alcancé a decir—, ¿por qué la filma cada día, si luego lo borra en seguida?

—La filmo porque va a morir —dijo Viana. Había estirado su pie descalzo y había mojado el pulgar de su calcetín en el agua, la agitaba lentamente de un lado a otro con su pulgar, lentamente, la pierna muy estirada, casi no llegaba a tocar, rozaba el agua. Yo me quedé callado durante unos segundos, luego pregunté, mirando moverse lentamente el agua:

—¿Está enferma?

Viana frunció los labios y se pasó una mano por la calva, como si tuviera pelo y se lo atusara, un gesto de su pasado. Estaba pensando. Le dejé pensar, pero se demoraba en exceso. Le dejé pensar. Por fin volvió a hablar, pero no respondió a mi pregunta, sino todavía a la anterior.

—La filmo cada día porque va a morir, y quiero tener guardado su último día, el último en todo caso, para poderlo recordar de veras, para volverlo a ver en el futuro cuantas veces quiera, junto a las cintas artísticas, cuando ya haya muerto. A mí me gusta recordar las cosas.

—¿Está enferma? —insistí.

—No, no está enferma —dijo ahora sin la menor dilación—. Que yo sepa, al menos. Pero va a morir, un día u otro. Usted lo sabe, todo el mundo lo sabe, todo el mundo va a morir, usted y yo, y quiero conservar su imagen. Es importante el último día en la vida de una persona.

—Desde luego —dije mirando el pie—. Es usted precavido, piensa en algún accidente. —Y pensé (pero brevemente) que si Luisa moría en un accidente yo no tendría su imagen para recordarla de veras, casi ninguna imagen. Había alguna que otra foto en casa, fotos casuales, desde luego no artísticas, y muy pocas. Y no tenía su imagen en movimiento. Involuntariamente alcé la vista y miré hacia la terraza desde la que yo había observado a Viana, hacia nuestra terraza. Todas las luces de todas las terrazas y de todas las habitaciones estaban apagadas. También, por tanto, las de Inés y Viana. Yo ya no estaba allí, en la nuestra, no había nadie.

Viana había vuelto a sumirse en su largo pensamiento, aunque ahora había sacado el calcetín del agua y lo había posado de nuevo, mojado y oscurecido en la punta, sobre la hierba. Empecé a pensar que a él no le gustaba el camino que había tomado la conversación, y otra vez pensé en despedirme y subir a la habitación, de pronto quise subir a la habitación y ver de nuevo la imagen de Luisa, dormida —no muerta—, envuelta en sus sábanas, quizá se le había destapado la espalda.

Pero las conversaciones no pueden dejarse así como así, una vez comenzadas. No pueden dejarse suspendidas aprovechando una distracción o un silencio, a menos que uno de los dos conversadores se haya enfadado. Viana no parecía enfadado, si bien sus ojos vivos parecían más vivos e intensos, era difícil determinar su color a la luz de la luna en el agua: creo que eran castaños. No parecía enfadado, sólo un poco ensimismado. Musitaba algo, ya no a media voz, sino entre dientes.

—Perdone, no le oigo —dije entonces.

—No, no pienso en ningún accidente —contestó él, de pronto en voz demasiado alta, como si no hubiera calculado bien el paso del tono de quien habla para sí mismo al tono de quien está dialogando.

—Baje la voz —dije yo alarmado, aunque en realidad no había ningún motivo de alarma, era improbable que nos oyera nadie. Volví a mirar hacia las terrazas, todas seguían a oscuras, nadie había despertado.

Viana se sobresaltó por mi orden y bajó la voz en seguida, pero no se sobresaltó lo bastante para no continuar con lo que había empezado a decir tan en alto.

—Digo que no pienso en ningún accidente. Ella morirá antes que yo, no sé si me entiende.

Miré a Viana a la cara, pero él no me miró a mí, miraba hacia el cielo, la luna, hacía caso omiso de mi mirada. Estábamos en una isla.

—¿Por qué está tan seguro, si no está enferma? Usted es mucho mayor que ella. Lo normal sería lo contrario, que muriera usted antes.

Viana rió de nuevo y, estirando otra vez la pierna, ahora metió el pie encalcetinado entero en el agua y volvió a agitarla lentamente, pesadamente, más pesadamente que antes porque ahora era el pie entero —el pie gordo y seboso— lo que estaba sumergido.

—Lo normal, lo normal —dijo, y rió otro poco—. Lo normal —repitió—. Nada es normal entre ella y yo. O, mejor dicho, nada es normal de mí hacia ella, nunca lo ha sido. Al contrario, todo ha sido siempre extraordinario. La conozco desde que era niña. Yo la adoro, ¿no entiende?

—Sí, lo entiendo, y además salta a la vista que usted la adora. Yo también adoro a mi mujer, a Luisa —añadí para rebajar el carácter extraordinario que atribuía a su admiración—. Pero nosotros somos casi de la misma edad, así que resulta difícil saber quién se morirá primero.

—¿Usted la adora? No me haga reír. Usted ni siquiera tiene cámara. Usted no quiere recordarla de veras, tal como fue, si la pierde. No quiere volverla a ver cuando ya no sea posible verla.

Esta vez el comentario del gordo Viana sí me molestó un poco, lo encontré impertinente. Lo noté porque mi silencio inmediato tuvo algo de ofendido y algo de involuntario, también algo de temeroso, como si de repente ya no me atreviera a preguntarle más y a partir de aquel instante no tuviera más remedio que limitarme a oír sólo lo que él quisiera contarme. Era como si con aquel comentario indelicado y abrupto se hubiera adueñado de la conversación, del todo. Y me di cuenta de que mi temor venía asimismo de su empleo del tiempo pretérito. Había dicho *tal como fue* refiriéndose a Luisa, debía haber dicho *tal como es*. Decidí marcharme y subir a la habitación. Quería ver a Luisa y dormir junto a ella, echarme, recuperar mi espacio en la cama de matrimonio que sería seguramente como la que compartirían Inés y Viana, los hoteles modernos repiten sus habitaciones. Podía poner fin a la conversación, estaba un poco enfadado. Pero el silencio duró apenas unos segundos porque Viana siguió hablando, sin hacer la pausa que he hecho yo por escrito, demasiado tarde para no escucharle.

—Y ha dicho usted una gran verdad, se ha roto la frente. Resulta difícil saber quién se morirá primero, usted pretende saber, nada menos, el orden de la muerte. Para saber de ese orden hay que tomar parte en él, no sé si me entiende. No quebrarlo, eso es imposible, sino tomar parte en él. Escuche, cuando yo digo que adoro a Inés, quiero decir eso literalmente, que la adoro. No se trata de una manera de hablar, de ninguna expresión corriente y sin significado que podamos compartir usted y yo, por ejemplo. Lo que usted llama adorar no tiene nada que ver con lo que yo llamo del mismo modo, compartimos el vocablo porque no hay otro, pero no la cosa. Yo la adoro y la he adorado desde que la conocí, y sé que la adoraré aún durante muchos años. Por eso no puede durar ya mucho tiempo, porque todo lleva demasiados años siendo igual a sí mismo en mí, sin variación y sin atenuación. No la habrá, por mi parte, se hará insoportable, ya lo es, y porque todo me resultará insoportable ella deberá morir antes que yo, un día, cuando yo ya no resista mi adoración. Tendré que matarla un día, no sé si me entiende.

Después de decir esto Viana sacó el pie del agua, chorreando, y lo apoyó con tiento y asco en la hierba. La seda mojada fuera del agua.

—Va a coger un resfriado —dije yo—. Será mejor que se quite el calcetín.

Viana me hizo caso y se quitó en el acto el calcetín empapado, en un gesto mecánico, sin darle mayor importancia. Lo sostuvo entre dos dedos unos segundos, con asco, y luego lo dejó colgado del respaldo de su tumbona, desde donde empezó a gotear (el olor de la tela tras pasar por el agua). Ahora tenía un pie desnudo y el otro con su calcetín azul pálido y su mocasín rojo rabioso. El pie desnudo estaba mojado, el pie calzado sequísimo. A duras penas podía yo apartar la vista de aquello, pero creo que fijar la vista era una manera de engañar al oído, de fingir que lo importante eran los pies de Viana y aquel calcetín anegado y no lo que había dicho, que tendría que matar a Inés algún día. Prefería que no lo hubiera dicho.

—¿Qué dice usted? ¿Está loco? —No quería seguir la conversación, pero añadí justamente lo que obligaba a continuarla.

—¿Loco? Lo que voy a decirle es de una lógica estricta bajo mi punto de vista —respondió Viana, y se atusó de nuevo el pelo que no tenía—. Yo conozco a Inés desde que era niña, desde que tenía siete años. Ahora tiene veintitrés. Es la hija de quienes fueron grandes amigos míos hasta hace cinco, ya no lo son, los padres se enfadan porque una chica de dieciocho se vaya a vivir con un amigo suyo de quien tenían la mejor idea, no deja de ser normal, ya no quieren saber de mí, ni casi de ella. Yo iba con mucha frecuencia a la casa de mis amigos y veía a la niña, y la adoraba. También ella me adoraba a mí, de otro modo, claro. Ella no podía saber aún, pero yo sí supe en seguida, y decidí prepararme, esperar once años, hasta que fuera mayor de edad, hasta entonces, no quería precipitarme y echarlo todo a perder, en los últimos meses tuve que contenerla. A esto lo suele llamar fijación la gente; yo lo llamo adoración, en cambio. No crea que fue fácil, desde los doce o trece años hay niños que las cortejan, niños absurdos que quieren jugar a mayores desde muy temprano. No se controlan, y pueden hacerles daño. Calculé que cuando ella cumpliera los dieciocho yo tendría casi cincuenta, y me cuidé, me cuidé enormemente para ella, excepto la gordura, eso no he podido evitarlo, el metabolismo cambia, ni la calvicie tampoco, no se ha inventado nada satisfactorio, y usted comprenderá que un peluquín es indigno, está descartado. Pero me pasé once años yendo a gimnasios y comiendo comida sana y pasando revisiones médicas cada tres meses, el quirófano me ha dado miedo; evitando mujeres, evitando contagios; y luego, claro, la preparación del espíritu: escuchando discos de los que ella oía, aprendiendo juegos, viendo mucha televisión, programas de tarde y todos los anuncios de todos los años, me sé las canciones. En cuanto a la lectura, puede imaginárselo, primero leí tebeos, luego libros de aventuras, novelas de amor, alguna, literatura española cuando le tocó estudiarla, literatura catalana, el Manelic, el llop, y todavía ahora sigo leyendo lo que ella lee, novelistas americanos, hay centenares. He jugado mucho al tenis, también al squash, algo de esquí, muchos fines de semana he tenido que viajar a Madrid o a San Sebastián para que pudiera ir al hipódromo, aquí hemos ido de fiesta en fiesta, a las de todos los pueblos a ver los jinetes. Quizá me haya visto montado en moto. Cuando hizo falta, me supe los nombres y los centímetros de todos los jugadores de baloncesto, ahora ya se le ha pasado. Ya ve cómo visto, y eso que en verano todo resulta más admisible. —Y Viana hizo un gesto elocuente con su mano derecha, como recorriéndose el atuendo—. No sé si me entiende, he llevado durante todos estos años una existencia infantil paralela a la mía (yo soy abogado, ¿sabe?, divorcios sobre todo), luego una existencia adolescente, fui el rey de los videojuegos, y ya que no podía acompañarla, me iba a ver solo todas esas películas juveniles, gamberros y extraterrestres. He llevado una existencia paralela que además no tenía continuidad, es dificilísimo estar al día, a esas edades nunca cuajan los intereses. Usted no puede ser consciente, me ha dicho que su mujer tiene más o menos su misma edad, así que su campo de referencias será el mismo, o muy parecido. Habrán escuchado las mismas canciones al mismo tiempo, habrán visto las mismas películas y leído los mismos libros, seguido las mismas modas, recordarán los mismos acontecimientos vividos con la misma intensidad y los mismos años. Para usted es sencillo. ¿Puede imaginarse que no fuera así, los larguísimos silencios que se les impondrían en sus conversaciones? Y lo peor, la necesidad de explicarlo todo, cualquier referencia, cualquier alusión, cualquier broma relativa al propio pasado o a la propia época, al propio tiempo. Mejor suprimirlas. Yo he tenido que esperar mucho, y además he debido rechazar mi pasado y configurarme otro que coincidiera con el de ella, con el que sería el suyo, en lo posible.

Viana se interrumpió un momento, una interrupción muy breve, como si le hubiera rozado una mosca. Era de noche, los ojos acostumbrados a la oscuridad y a la luz del agua. Estábamos en una isla, no tenía reloj. Luisa dormía e Inés también dormiría, cada una en su cuarto, en camas de matrimonio cruzadas en diagonal porque ni Viana ni yo estábamos a su lado. Quizá nos echaban de menos dormidas. O tal vez no, y sentían alivio.

—Pero todo aquel esfuerzo ya está hecho, y no es lo grave. Lo grave es la adoración, mi adoración inmutable. Tan idéntica a sí misma desde hace dieciséis años que no confío en que vaya a cambiar en el futuro próximo. Y ay si cambiara. He vivido demasiado tiempo pendiente de ella, de su crecimiento, de su formación, no podría vivir de otro modo. Pero para ella es distinto. Ha cumplido su sueño de niña, su fijación de niña, hace cinco años era tan feliz o más feliz que yo, cuando se vino a vivir conmigo, mi casa estaba pensada para albergarla, allí no le falta nada. Pero su carácter no está del todo constituido, aún depende de la novedad, lo exterior la atrae, está vislumbrando lo que hay y la aguarda más allá de mí, yo creo que está un poco cansada. No sólo de mí; también de nuestra situación anómala y extraordinaria, echa de menos lo convencional, la buena relación con sus padres. No crea que no lo entiendo, es más, lo tengo previsto. Pero que yo lo entienda no ayuda en nada. Cada uno tiene su propia vida, y es la única, nadie está dispuesto a no verla cumplida según su deseo, a excepción de los que no tienen deseos, en realidad la mayoría. La gente dice lo que quiere, y habla de abnegación, de renuncia, de generosidad, de conformidad y resignación, todo es falso, lo normal es que la gente crea desear lo que le va llegando naturalmente, lo que le va sucediendo, lo que va consiguiendo o lo que le van dando, sin que haya verdaderos deseos previos. Pero sean previos o no, a cada uno le importa su propia vida y, frente a ella, las de los demás sólo importan en la medida en que están imbricadas y forman parte de la nuestra, y también en la medida en que disponer de ellas sin miramientos ni escrúpulo puede acabar afectando a la nuestra, existen leyes, puede haber castigos. Mi adoración es excesiva, pero por eso es adoración. Mi espera también fue excesiva. Y ahora sigo esperando, sólo que se ha invertido el carácter de esa espera. Antes esperaba el logro, ahora espero la cancelación. Antes esperaba la dádiva, ahora espero la pérdida. Antes esperaba el crecimiento, ahora espero la decadencia. No sólo la mía, entiéndame, también la de ella, y para eso no estoy preparado. Usted está pensando que doy demasiado las cosas por hechas, que nada es enteramente previsible, como no lo es el orden de la muerte, se lo he dicho antes. El de la vida tampoco, está usted pensando, y piensa que acaso Inés no se canse de mí y no quiera abandonarme nunca. Piensa que quizá me equivoco al desconfiar del tiempo, que tal vez ella y yo envejezcamos juntos, como insinuó hace un rato y como está convencido de que harán su mujer y usted, he oído sus palabras, no he perdido nada de lo que ha dicho. Pero es que si fuera así, si nos quedaran por delante tantos años en compañía, mi adoración me llevaría a lo mismo, lo mismo en ese caso. ¿O es que cree que a estas alturas yo podría permitirme el fin de mi adoración? ¿Cree usted que yo podría asistir a su deterioro y envejecimiento sin ponerle el único remedio que hay contra eso, que muriera antes? ¿Cree usted que, habiéndola conocido con siete años (siete años), podría soportar ver a Inés cuarentona, y aun cincuentona, sin rastro de su niñez? No sea absurdo. Es como pedirle a un padre longevo que soporte y adore la vejez de sus propios hijos. Los padres rechazan ver a sus hijos convertidos en viejos, ya no los ven, los detestan, se los saltan, ven sólo a sus nietos, cuando los tienen. El tiempo está siempre en contra de lo que ha originado. En contra de lo que hay.

Viana hundió el rostro en las manos, como le había visto hacer desde arriba, desde la terraza, y no hasta entonces abajo, junto a la piscina. Vi que el gesto no se correspondía con una risa ahogada, sino con una suerte de agobio que sin embargo no le hacía perder la serenidad. Quizá necesitaba hacer ese gesto justamente para no perder la serenidad. Miré otra vez hacia mi terraza y hacia las terrazas en general, todo seguía en silencio, oscuro y vacío, como si más allá de ellas, más allá también de los cristales y los visillos, en el interior de las habitaciones repetidas e idénticas no hubiera nadie, ni Luisa ni Inés ni nadie durmiendo. Pero yo sabía que dormían ellas y dormía el mundo, detenida su débil rueda. Viana y yo éramos producto de su inercia tan sólo, mientras hablábamos. Sin volver aún a mostrarme el rostro, siguió diciéndome:

—Por eso no hay solución, en el tiempo —me dijo—. Antes que admitir el fin de mi adoración la mataría, no sé si ve el caso; y antes que permitir su marcha algún día, antes que permitir que mi adoración siguiera, pero sin su objeto, la mataría igualmente. Es todo de una lógica estricta, bajo mi punto de vista. Por eso sé lo que tengo que hacer un día, quizá lejano, puedo retrasarlo al máximo, es todo cuestión de tiempo. Pero por si acaso la filmo a diario, no sé si me entiende.

—¿No ha considerado matarse usted? —dije de pronto sin querer decirlo. Hacía ya rato que escuchaba porque tenía la sensación de no poder remediarlo y no porque lo deseara, y la mejor manera de no participar en la charla era no decir nada, comportarme como mero depositario de sus confidencias, sin objetar y sin aconsejar, sin rebatir ni asentir ni escandalizarme. Cada vez me parecía menos posible poner fin a aquella conversación, el camino que había tomado era interminable, así me lo parecía. Me picaban los ojos. Deseaba que se desarropara Luisa y se despertara, que reparara en mi ausencia y se asomara a la terraza como yo me había asomado. Que me viera abajo, junto a la piscina, a la luz debilitada de la luna en el agua, y me hiciera subir al llamarme, que dijera mi nombre y me rescatara así de la conversación con Viana, bastaba llamarme. Tendré que leer los periódicos con detenimiento a partir de ahora, había pensado mientras le escuchaba, cada vez que en un titular se diga que una mujer ha muerto a manos de un hombre tendré que leer la noticia entera hasta dar con los nombres, qué lata, ahora temeré ya siempre que pueda tratarse de Inés la muerta y Viana el que mata.

Aunque todo pudiera ser una mentira suya, aquí en esta isla, mientras ellas duermen.

—¿Matarme? No me corresponde —contestó Viana haciendo emerger el rostro de entre las manos. Me miró con una expresión más de divertimiento que de sorpresa, las comisuras le sonreían o casi, me pareció en la noche.

—Menos le correspondería matarla a ella para conservar la adoración de la muerta en una cinta, si le he entendido.

—No, no me entiende, me corresponde matarla por lo que ya le he explicado, nadie renuncia a la forma de la propia vida si tiene una idea bastante clara de cómo quiere pasarla, y yo la tengo, lo que no es frecuente. Y, ¿cómo decirle?, el asesinato es una práctica masculina, eminentemente, como la ejecución, y no así el suicidio, que es tan propio de los hombres como de las mujeres. Antes le he dicho que ella vislumbra lo que hay más allá de mí, pero lo determinante es que más allá de mí en realidad no hay nada. Para ella no hay nada; puede que lo ignore, debiera saberlo. Si yo me matara esto no se cumpliría, más allá de mí no debe haber nada, no sé si me entiende.

El pie de Viana parecía ya seco, el calcetín, en cambio, aún goteaba a buen ritmo sobre la hierba, colgado del respaldo de su tumbona. Creí sentir su humedad en mis pies calzados, imaginaba lo que podría ser ponerse aquel calcetín mojado. Me descalcé el pie izquierdo para rascarme la planta contra la punta de mi mocasín negro, el derecho.

—¿Por qué me cuenta todo esto? ¿No teme que le denuncie? ¿O que hable con Inés mañana?

Viana cruzó sus manos sobre la nuca y se recostó en la tumbona, y entonces rozó con la calva el calcetín colgado. Reaccionó en seguida, incorporándose, como cuando a uno le roza una mosca. Se calzó el mocasín rojo que se había quitado ya mucho antes, cuando yo estaba aún en nuestra terraza, y eso le hizo perder el aire de desvalimiento y a mí me hizo pensar de pronto que la conversación podía acabarse.

—No se denuncian las intenciones —dijo—. Mañana nos vamos ya a Barcelona, no volveremos a vernos, salimos temprano, no habrá playa. Mañana habrá usted olvidado todo esto, no querrá recordarlo, no lo tomará en serio ni se acordará de mí, ni de ahora, ni tratará de averiguar nada. No preguntará en el hotel por nosotros, si salimos juntos, si pagamos la cuenta, si no ha ocurrido nada durante esta noche en la que el único despierto fue usted, hablaba conmigo. Ni siquiera le contará a su mujer lo que hemos hablado, para qué preocuparla, en el fondo no quiere creerme, lo conseguirá, descuide. —Viana vaciló un momento, pero continuó en seguida—. Y a poco que piense, si usted previniera a Inés no haría sino acelerar el proceso, me tocaría matarla mañana, no sé si ve el caso. —Volvió a vacilar, hizo una pausa, miró hacia el cielo, la luna, luego hacia el agua, luego volvió a hacer su gesto de agobio, esto es, se tapó la cara y así siguió hablando—. Y quién le dice que podría hablar con ella mañana, quién le dice que no lo he hecho ya, esta noche, hace un rato y antes de bajar aquí, quién le dice que no está ya muerta y que por eso le hablo, cualquiera puede morir en cualquier momento, nos lo enseñaban en el colegio, lo sabemos todos desde que somos niños, para ello basta entrar a formar parte del orden de la muerte, usted mismo dejó a su mujer dormida, pero quién le asegura que no ha muerto mientras hablaba conmigo, tal vez está agonizando en este mismo instante, ya no le daría tiempo a llegar arriba, aunque corriera. Quién le dice que no es Inés la que ha muerto a mis manos, y que por eso me afeité el bigote, hace ya mucho rato, antes de que usted bajara, antes de que yo bajara. O ambas. Quién le dice que no han muerto ambas, mientras dormían.

No le creí. La belleza ideal de Inés estaría dormida, sus ocho sortijas en la mesilla de noche, sus pechos voluminosos bien colocados sobre las sábanas, su respiración pausada, los labios idénticos entreabiertos como de niña, su pubis sin pelos haciendo un poco de mancha, esa extraña segregación nocturna de las mujeres. Luisa estaba dormida, yo la había visto, su rostro tallado y cándido y aún sin arrugas, sus inquietos ojos moviéndose bajo los párpados, como si no pudieran acostumbrarse durante la noche a dejar de hacer lo que hacían durante el día, a diferencia de los de Inés, que probablemente estarían quietos ahora, durante el sueño que necesitaban para el mantenimiento de su belleza inmutable. Ambas estaban dormidas, por eso no se despertaban ni se asomaban, Luisa no había muerto durante mi ausencia, no tenía reloj, cuánto había durado. Instintivamente miré hacia arriba, hacia las habitaciones, hacia mi terraza y hacia las terrazas, y en una de ellas vi aparecer una figura envuelta en su toga de sábana, que me llamó dos veces, dijo mi nombre, como las madres dicen los de sus hijos. Me puse en pie. A la terraza de Inés, cualquiera que fuese, no salió sin embargo nadie.

Lo que dijo el mayordomo

Para Domitilla Cavalletti

[*'Durante una reciente y breve estancia en Nueva York me sucedió una de las dos cosas que los europeos más tememos en esa ciudad: quedé atrapado por espacio de media hora en el ascensor de un rascacielos, entre el piso 25 y el 26. Pero no quiero hablar del miedo que pasé ni de la justificadísima sensación de claustrofobia que me hizo chillar (lo confieso) cada pocos minutos, sino del individuo que viajaba conmigo cuando el ascensor se paró y con quien compartí esa media hora de confidencia y temor. Era un hombre de aspecto atildado y circunspección extrema (en situación tan apurada, él sólo gritó una vez, y cesó en cuanto supo que habíamos sido oídos y localizados). Parecía un mayordomo de película y resultó ser un mayordomo de la vida real. A cambio de alguna información incoherente y dispersa acerca de mi país, él me contó lo siguiente mientras esperábamos en el amplio ataúd vertical: trabajaba para un adinerado matrimonio joven compuesto por el presidente de una de las más famosas e importantes compañías americanas de cosméticos y su recién adquirida mujer europea. Vivían en una mansión de cinco pisos; se desplazaban por la ciudad en una limousine de ocho puertas y cristales velados (como la del difunto presidente Kennedy, puntualizó), y él, el mayordomo, era uno de los cuatro criados a su servicio (todos de raza blanca, puntualizó). La afición favorita de aquel individuo era la magia* negra, y ya había logrado hacerse con un mechón del cabello de su joven señora, cortado mientras ella sesteaba en un sillón una tarde de sumo verano y sumo sopor. Todo esto lo contaba con gran naturalidad, y mi propio pánico me hizo escucharlo con relativa naturalidad también. Le pregunté por qué había cortado cruelmente aquel mechón, si es que ella lo trataba muy mal.

"Aún no", respondió, "pero antes o después lo hará. Es una medida de precaución. Además, si algo sucede, ¿de qué otro modo podría vengarme? ¿Cómo puede vengarse un hombre hoy en día? Por otra parte, la práctica de la magia negra está muy de moda (is very fashionable, dijo) en este país. ¿En Europa no?" Le dije que creía que no, con la excepción de Turín, y le pregunté si no podía hacer algo con su magia negra para que saliéramos del ascensor. "Lo que yo practico sirve sólo para vengarse. ¿De quién quiere usted que nos venguemos, de la compañía constructora de ascensores, del arquitecto del edificio, del alcalde Koch? Puede que lo lográramos, pero eso no nos haría salir de aquí. No tardarán." No tardaron, en efecto, y una vez recuperado el movimiento y una vez llegados a la planta baja, el mayordomo me deseó buena estancia en su ciudad y desapareció como si la media hora que nos había unido no hubiera existido jamás.'

Así empezaba un artículo que, con el título de "La venganza y el mayordomo", publiqué en el diario El País el lunes 21 de diciembre de 1987. A continuación el texto perdía de vista a este mayordomo y pasaba a ocuparse sólo de la venganza. No era, por tanto, el lugar adecuado para transcribir con detalle la totalidad de las palabras de mi compañero de viaje, y además en aquella ocasión me permití alterar alguno de los datos que me confió y en realidad silenciar la mayoría. Quizá me llevó a ello el hecho de que la nacionalidad de la reina de los cosméticos fuera la misma que la mía. Pensé que no era imposible que esa persona leyera el periódico, bien por sí misma o porque algún conocido de España la reconociera si me atenía *demasiado fielmente a las circunstancias y le hiciera llegar mi escrito. Admito que me guió más el deseo de no poner en un aprieto a mi mayordomo que, por el contrario, el de poner en guardia a la reina en peligro. Ahora es quizá el momento, cuando mi gratitud hacia el primero es más difusa, aunque las probabilidades de que este otro texto llegue a los ojos de la segunda son infinitamente más escasas. No tengo, sin embargo, otro modo de advertirla, al menos un modo no excesivamente aparatoso. Si esa señora puede leer periódicos, no creo en cambio que lea libros, menos aún cuentos de un compatriota suyo. Pero eso no será culpa mía: los libros que no leemos están llenos de advertencias; nunca las conoceremos, o llegarán demasiado tarde. En todo caso mi conciencia estará más tranquila si le brindo la posibilidad, por remota que sea, de precaverse, sin por ello sentirme tampoco como un delator hacia la persona del mayordomo que tanto contribuyó a apaciguarme y a aligerar mi espera dentro del ascensor. El dato alterado en aquel artículo era que el matrimonio no era tan reciente como allí se afirmaba y que por consiguiente el mayordomo no esperaba, como le hice decir, futuros agravios de su señora, sino que, según él, ya los padecía continuamente. Estas fueron sus palabras, en la medida en que las recuerdo y sé transcribirlas; en todo caso sin mucho orden, ya que no me siento capaz de reproducir una conversación en regla, sino sólo de rememorar algunas de las cosas que él dijo entonces. J M]*

Dijo el mayordomo:

—No sé si todas las mujeres son iguales en España, pero la muestra con la que me ha tocado coincidir en la vida es horrible. Vanidosa, poco inteligente, malcriada, cruel, y usted me perdonará que hable así de una mujer de su tierra.

—Adelante, no se preocupe por eso, diga lo que quiera —respondí yo generosamente, sin prestar aún demasiada atención.

Dijo el mayordomo:

—Comprendo que lo que yo diga aquí no tiene mucha autoridad ni mucho valor, y puede entenderse como un desahogo. Me gustaría que el mundo fuera de tal manera que no resultara imposible una confrontación directa entre ella y yo, entre mis acusaciones y las suyas, o entre mis acusaciones y su defensa, sin que ello tuviera consecuencias graves para mí, me refiero a un despido. No crea que en la actualidad hay tantas familias que puedan dar empleo a un mayordomo, ni siquiera en la ciudad de Nueva York, no nos sobra el trabajo, poca gente puede permitirse tener uno, no digamos cuatro criados, como tienen ellos. Todo era bastante perfecto hasta que ella llegó, el señor es muy agradable y casi nunca está en casa, había sido soltero desde que yo entré a su servicio, hace cinco años. Bueno, se había divorciado, y esa es la mayor esperanza, que acabe divorciándose también de ella, antes o después. Pero puede ser después, y hay que estar prevenido. Ahora ya he completado mis cursos de magia negra, primero por correo, luego algunas lecciones prácticas, tengo el título. Todavía no he hecho gran cosa, esa es la verdad. Nos reunimos a veces a matar alguna gallina, ya sabe usted, es muy desagradable, nos llenamos de plumas, el animal pelea lo suyo, pero hay que hacerlo de vez en cuando, si no nuestra organización carecería de todo prestigio.

Recuerdo que aquel comentario me preocupó momentáneamente y me hizo prestar más atención, y por eso, para que mi temor se viera disipado por el otro temor, más fuerte, golpeé la puerta del ascensor una vez más, apreté insistentemente el botón de alarma y los de todos los pisos y chillé varias veces: '¡Eh! ¡Eh! ¡Oigan! ¡Eh! ¡Seguimos aquí encerrados! ¡Seguimos aquí!'.

Dijo el mayordomo:

—Tómeselo con calma, no nos ocurrirá nada. Este ascensor es muy espacioso, hay mucho que respirar, y ellos ya saben que estamos aquí. La gente es desaprensiva, pero no tanto como para olvidarse de dos personas encerradas en un ascensor, y además necesitarán que funcione. Mi señora, su compatriota, es desaprensiva, nos maltrata a todos, o lo que es aún peor, hace caso omiso. Tiene la capacidad, que quizá se da más en Europa que en los Estados Unidos, de hablar con nosotros como si no estuviéramos delante, sin mirarnos, sin hacernos caso, nos habla sin dirigirnos la palabra, exactamente como podría hacerlo si, en vez de con nosotros, estuviera hablando con una amiga sobre nosotros. Hace poco estuvo aquí una amiga suya italiana, y aunque hablaban sus lenguas que yo no entiendo, sé que buena parte de sus charlas versaron sobre nosotros, sobre mí en particular, soy el más antiguo, una especie de responsable o jefe de todo el servicio. Ella sabe bien cómo decir algo sobre mí en mi presencia sin que nada en absoluto dé a entender que habla de mí, pero no su amiga, ella no podía evitar que sus ojos verdes me lanzaran alguna mirada de soslayo en medio de su cháchara en lengua latina, cualquiera que fuese. Con todo, durante las semanas que su amiga permaneció en la casa ella estuvo más distraída y se ocupó menos de mí. Usted comprenderá, ella lleva ya aquí tres años, todavía habla muy mal el inglés, con fuerte acento, a veces me cuesta entenderla y eso la irrita, cree que lo hago a propósito para ofenderla; en parte es así, pero le aseguro que me limito a no hacer el esfuerzo que tendría que hacer siempre para entenderla, un esfuerzo de comprensión y de oído, de adivinación. Lo cierto es que tras tres años de estancia, hasta una ciudad como Nueva York cansa y aburre si no se tiene nada que hacer en ella. El señor sale todas las mañanas a trabajar y no regresa hasta tarde, hasta la hora española de cenar, ella la ha impuesto. Usted quizá no lo sepa, pero los cosméticos llevan mucho trabajo, son como la medicina, hay que investigar y perfeccionar, uno no puede quedarse estancado con una gama de productos fija. Hay adelantos increíbles cada año, cada mes, y hay que estar al tanto, exactamente como en la medicina, lo dice el señor. El señor sale, trabaja durante doce horas o más, sólo está en casa por la noche y los fines de semana, poco más. Ella se aburre bastante, como es natural, ya hizo todas las compras que podía hacer para la casa, aunque sigue viviendo a la espera de las novedades de toda índole: un nuevo producto, un nuevo aparato, un nuevo invento, una nueva moda, una nueva representación en Broadway, una nueva exposición, una nueva película importante, cualquier novedad la consume al instante, en el acto, más rápidamente de lo que incluso una ciudad como esta puede ofrecer.

Yo me había sentado en el suelo del ascensor. Él, en cambio, tan atildado y circunspecto, permanecía de pie con el abrigo y los guantes puestos, una mano apoyada en la pared y un pie graciosamente cruzado sobre el otro. Los zapatos le brillaban más de lo que es normal.

Dijo el mayordomo:

—Así, por lo general está en casa, sin nada que hacer, viendo la televisión y poniendo conferencias a sus amigas de España, invitándolas a venir, no vienen mucho, no es de extrañar. Cuando ya no puede hablar más, cuando le duele la lengua de tanto hablar y le duelen los ojos de ver tanta televisión, entonces no tiene más remedio que fijarse en mí, soy yo quien está siempre en casa, o casi siempre, soy yo quien sabe dónde están las cosas o dónde pueden conseguirse si hay que hacerlas traer. Se fija en mí, ¿comprende?, y no hay nada peor que ser la fuente de distracción de alguien. Algunas veces se traiciona a sí misma, quiero decir a su espíritu despreciativo: sin darse cuenta, se encuentra con que durante unos minutos no ha estado dándome órdenes ni haciéndome preguntas útiles, sino conversando conmigo, imagínese, conversando.

Recuerdo que en este punto me levanté y golpeé de nuevo la puerta con la palma de mi mano izquierda. Iba a volver a gritar, pero decidí tomar ejemplo del mayordomo, que hablaba con mucha calma, como si estuviéramos del otro lado del ascensor, esperándolo. Me quedé de pie, como él, y le pregunté:

—¿Y de qué conversan?

Dijo el mayordomo:

—Oh, me hace algún comentario sobre algo que ha leído en una revista o sobre algún concurso que ha visto en la televisión, está loca por uno que hay todas las tardes a las siete y media, justo antes de que vuelva el señor, está loca por *Family Feud*, hace que todo se pare a las siete y media para verlo con extremada atención. Apaga las luces, descuelga el teléfono, durante la media hora que dura *Family Feud* nosotros podríamos hacer cualquier cosa en la casa, prenderle fuego, no se enteraría; podríamos entrar en su dormitorio, donde ella lo ve, y quemar la cama a sus espaldas, no se enteraría. En esos momentos sólo existe la pantalla de televisión, sólo he visto esa capacidad de abstraerse en los niños, ella es un poco infantil. Mientras ella ve *Family Feud* yo podría cometer un asesinato a sus espaldas, podría degollar alguna de nuestras gallinas y esparcir las plumas y derramar la sangre sobre sus sábanas, ella no se enteraría. Al cabo de su media hora se levantaría, miraría a su alrededor y pondría el grito en el cielo, ¿de dónde ha salido esta sangre, de dónde estas plumas, qué ha sucedido aquí? En modo alguno me habría visto degollar a la gallina. Podríamos robar, cuadros, muebles, alhajas, podríamos traer a nuestras amigas o amigos y celebrar una orgía en su propia cama, mientras ella mira *Family Feud*. Claro está que no lo hacemos, porque es también la cama del señor, al que todos queremos y respetamos. Pero imagínese, y no exagero, mientras ella ve *Family Feud* podríamos violarla y no se enteraría. Hasta que no descubrí esto tuve que buscar ocasiones propicias, como ya le he explicado, para cortarle un mechón de pelo o sustraerle una prenda, íntima o no, un pañuelo o unas medias. Si ahora quisiera más objetos personales suyos, sólo tendría que esperar a las siete y media de lunes a viernes y sustraérselos mientras ve su programa. Le confesaré una cosa, vea que no exagero: en una ocasión hice la prueba, por eso le digo que podríamos violarla sin que se diera cuenta. En una ocasión me acerqué a ella por detrás mientras miraba *Family Feud*, ella lo ve muy de cerca, muy erguida, sin duda buscando la incomodidad para mantener mejor la atención, sentada en una especie de taburete bajo. Una tarde me acerqué a ella por la espalda y le toqué un hombro con mi mano enguantada, como si fuera a advertirle algo. Me obliga a ir siempre con guantes, ¿sabe?, la librea sólo tengo que ponérmela cuando hay invitados a cenar, pero ella quiere que lleve siempre mis guantes blancos de seda, ya sabe, la idea es que el mayordomo vaya pasando los dedos por todas partes, por muebles y barandillas, para ver si hay polvo, si lo hay los guantes blancos se manchan inmediatamente, siempre llevo mis guantes, muy finos, al tacto es como si no llevara nada en las manos. Así, le toqué el hombro con mis dedos sensibles, y al ver que no los notaba, dejé la mano posada durante bastantes segundos y fui haciendo presión poco a poco. Hasta ahí habría tenido excusa. Ella no se volvió, ni se movió, nada. Entonces hice avanzar la mano, yo estaba de pie, acariciándole los hombros y las clavículas, más que presionando, y ella permanecía inmutable. Empecé a preguntarme si acaso estaba invitándome a que avanzara, y reconozco que esa duda todavía no la he despejado del todo; pero yo creo que no, que estaba tan absorta en la contemplación de *Family Feud* que no se percató de nada. De modo que hice que mi mano se deslizara cautelosamente (siempre enguantada) por su escote, ella va siempre demasiado escotada para mi gusto, al señor, en cambio, le agrada eso, se lo he oído decir. Toqué su sostén, un poco áspero francamente, y fue eso, más que mi propio deseo, lo que me convenció para sortearlo o, digamos, hacer que por lo menos la aspereza de la tela rozara sólo contra el envés de la mano, menos sensible que la palma, aunque llevaba mis guantes. No crea que las mujeres me dicen gran cosa, apenas si tengo trato con ellas, pero una piel es una piel, una carne una carne. De modo que le acaricié durante largos minutos un pecho y otro, izquierdo y derecho, muy agradables, pezón y pecho, ella no se movió ni dijo nada, ni siquiera cambió de postura mientras veía su programa. Yo creo que podría haberme eternizado allí si *Family Feud* hubiera durado más tiempo, pero de pronto vi que el presentador estaba ya despidiéndose y retiré la mano. Aún pude salir de la habitación antes de que terminara su trance, andando de puntillas, de espaldas. El señor llegó a las ocho en punto, todavía sonaba en la televisión la música final del programa.

—¿Está usted seguro de que nos van a sacar de aquí? Empieza a parecerme que tardan demasiado —dije yo por toda respuesta, y volví a gritar y a golpear la puerta metálica—. ¡Eh! ¡Eh! ¡Pam, pam!

Dijo el mayordomo:

—No tardarán, ya se lo he dicho. A nosotros nos parece que cada minuto dura una hora, pero un minuto dura siempre un minuto en realidad. No llevamos aquí tanto tiempo como usted cree, tómeselo con calma.

Me deslicé de nuevo hasta el suelo apoyándome en la pared (me había quitado el abrigo y lo llevaba colgado del brazo) y me quedé allí sentado.

—¿No ha vuelto a tocarla? —le pregunté.

Dijo el mayordomo:

—No. Eso fue antes de la muerte de la niña, a partir de entonces le tengo demasiado asco, no podría volver a acariciarle ni un dedo. Hace doce meses ella se quedó embarazada, el señor no había tenido hijos en su anterior matrimonio, así que sería el primero. Ya puede usted imaginarse cómo fue el embarazo, una pesadilla para mí, se me duplicó el trabajo y se duplicó la atención que ella me presta siempre, me llamaba de continuo para pedirme las cosas más inútiles y más idiotas. Pensé en despedirme, pero ya le digo, escasea el trabajo. Cuando dio a luz me alegré, no sólo por el señor, también porque la niña sería ahora su fuente de distracción principal y me aliviaría. Pero la niña nació muy mal, con un defecto grave que habría de matarla a los pocos meses, no me haga hablar de ello. En seguida se supo que la niña estaba condenada, que no podría durar más que eso, unos meses, tres, cuatro, seis a lo sumo, inverosímilmente un año. Yo entiendo que eso es muy duro, entiendo que, sabiéndolo, una madre no quiera encariñarse con su criatura, pero también es cierto que esa criatura, mientras dure, debe recibir cuidados y un poco de afecto, ¿no le parece? Al fin y al cabo, en lo único que esa niña se diferenciaba de nosotros, de los demás, era en que se sabía su fecha de cancelación, porque nos cancelarán a todos, cierto. Ella no quiso saber nada en cuanto se enteró de lo que iba a pasar. Prácticamente se puede decir que nos entregó la niña a nosotros, a los criados, hizo venir a una mujer que la alimentara y le cambiara los pañales, hemos sido cinco en la casa durante estos meses, ahora seremos cuatro otra vez. El señor tampoco se ocupaba mucho, pero su caso es distinto, él trabaja demasiadas horas, nunca habría tenido tiempo de nada, aunque la niña hubiera estado sana. Ella, en cambio, estaba mucho en la casa, como siempre, más de lo que le gustaría, y sin embargo jamás entraba en la habitación de la niña, muchas noches ni siquiera entraba con el señor a despedirse de ella, casi nunca. El señor sí entraba por las noches, antes de acostarse, solo. Yo le acompañaba y me quedaba en el umbral con la puerta entornada, mi mano blanca sujetándola para que hubiera algo de luz, la que venía de fuera, el señor no se atrevía a encender la de la habitación, seguramente para no despertarla pero también, yo creo, para no verla más que en penumbra. Pero la veía al menos. El señor se acercaba a la cuna, no demasiado, siempre se quedaba a un par de yardas y desde allí la miraba y la oía respirar, poco rato, un minuto o menos, lo suficiente para despedirse. Cuando él salía yo me hacía a un lado, le abría la puerta con mi mano enguantada y le acompañaba con mi mirada, le veía encaminarse hacia su dormitorio, donde le esperaba ella. Yo sí entraba en la habitación de la niña y a veces me quedaba junto a ella largo rato. Le hablaba. No tengo hijos, pero vea usted, me salía hablarle, aunque ella no fuera a entenderme ni yo tuviera la excusa de que aquella niña debía acostumbrarse a la voz humana. Lo grave del caso es que no tenía por qué acostumbrarse a nada, no tenía porvenir y nada la esperaba, no había que acostumbrarla a nada, era tiempo perdido. En la casa no se hablaba de ella, no se la mencionaba, como si ya hubiera dejado de existir antes de que muriera, son los inconvenientes de saber el futuro. Tampoco entre nosotros, quiero decir los criados, hablábamos de ella, pero la mayoría íbamos a visitarla, a solas, como quien entra en un santuario. Mi magia negra, por supuesto, no servía para curarla, sólo sirve para vengarse, ya se lo he dicho. Ella, la madre, seguía haciendo su vida, llamando a Madrid, a Sevilla, ella es de Sevilla, charlando con su amiga cuando estuvo aquí, saliendo a hacer compras y yendo al teatro, viendo la televisión y *Family Feud* de lunes a viernes, a las siete y media. No sé cómo decirle, después de aquella ocasión en que la toqué sin que se diera cuenta le había tomado un poco de afecto, el contacto trae el afecto, un poco, aunque sea un contacto mínimo, quizá esté usted de acuerdo en esto.

El mayordomo hizo una pausa lo bastante larga para que este último comentario suyo no pareciera retórico, así que me incorporé y le respondí:

—Sí, estoy de acuerdo en eso, y por eso hay que tener cuidado con a quién se toca.

Dijo el mayordomo:

—Es cierto, uno no tiene buena opinión de alguien o incluso la tiene muy mala, y de repente un día, por azar, o capricho, o debilidad, o soledad, o aprensión, o borrachera, un día se descubre uno acariciando a esa persona de la que se tenía tan mala opinión. No es que se cambie de idea por eso, pero se cobra un afecto por lo que se ha acariciado y se ha dejado acariciar. Yo le había cobrado un poco de ese afecto elemental a ella, después de haberle acariciado los pechos con mis guantes blancos mientras ella veía *Family Feud*. Pero eso fue al comienzo de su embarazo, durante el cual, por ese afecto que le había tomado, fui más paciente de lo que solía ser y le procuré cuanto me pedía sin malos gestos. Luego le perdí ese afecto, desde el nacimiento de la niña en realidad. Pero lo que me ha hecho perdérselo definitivamente y tomarle asco ha sido la muerte de la niña, que duró incluso menos de lo pronosticado, dos meses y medio, no han llegado a tres. El señor estaba de viaje, aún está de viaje, yo le comuniqué la muerte ayer mismo por teléfono, no dijo nada, sólo dijo: 'Ah, ya ha sucedido'. Luego me pidió que me encargara de todo, de la incineración o el entierro, lo dejó a mi elección, quizá porque se daba cuenta de que en realidad yo era la persona más cercana a la niña, pese a todo. Fui yo quien la sacó de su cuna y llamó al médico, fui yo quien esta mañana se ocupó de retirar sus sábanas y su almohada, se hacen sábanas minúsculas para los recién nacidos, no sé si lo sabe, almohadas minúsculas. Yo le dije esta mañana a ella, a la madre, que iba a traer a la niña aquí, para incinerarla, en la planta 32, hay un servicio de muy alta calidad, uno de los mejores de la ciudad de Nueva York, conocen su trabajo, ocupan la planta entera del edificio. Se lo dije esta mañana, ¿y sabe lo que me contestó? Me contestó: 'No quiero saber nada de eso'. 'Se me había ocurrido que a lo mejor querría usted acompañarme, acompañarla a ella en su último viaje', le dije yo. ¿Y sabe lo que me contestó? Me contestó: 'No digas estupideces'. Luego me encargó que ya que venía por esta zona le sacara entradas para la ópera para unos amigos que vienen dentro de un mes, ella tiene su abono. Ella tiene futuro, a diferencia de la niña, ¿comprende? Así que me he venido solo con el cuerpo de la niña metido en un ataúd diminuto, blanco como mis guantes de seda, podría haberlo llevado en mis propias manos, blanco sobre blanco, mis guantes sobre el ataúd. Pero no ha hecho falta, este servicio tan competente de la planta 32 lo tiene todo previsto, y nos han recogido a la niña y a mí esta mañana en un coche fúnebre y nos han traído hasta aquí. Ella, la madre, se asomó a la escalera, arriba, en el cuarto piso, justo en el momento en que yo me disponía a salir con la niña, abajo, con el ataúd, estaba ya junto a la puerta de entrada con el abrigo y los guantes puestos. ¿Y sabe cuáles fueron sus últimas palabras? Me gritó desde lo alto de la escalera, con su acento español: '¡Que no dejen de poner claveles, que haya muchos claveles, y flores de azahar!'. Esa ha sido su única indicación. Ahora vuelvo con las manos vacías, la incineración acaba de tener lugar. —El mayordomo miró el reloj por primera vez desde que nos habíamos detenido y añadió—: Hará poco más de media hora.

Orange-blossoms, había dicho: las flores de las novias en Andalucía, pensé. Pero fue entonces cuando recuperamos el movimiento del ascensor y, una vez llegados a la planta baja, el mayordomo me deseó buena estancia en su ciudad y desapareció como si la media hora que nos había unido no hubiera existido jamás. Llevaba guantes de cuero, negros, y en ningún momento se los quitó.

En la corte del rey Jorges

Para Enrique Murillo

[*Esta historia se desarrolla en el seno de una moderna corte europea (nada de personajes de tres al cuarto). O más bien, como así debe ser, ni se desarrolla ni progresa ni crece ni avanza, siendo más una situación casi inmutable que una verdadera historia. El material es barato, como también debe ser.*]

La familia real está compuesta por el rey Jorges y la reina Eulalias y sus cinco vástagos, Laureanos, Ramiros, Adelaidas, Ramonas y Leandros, todos ellos en plural mayestático y todos desviados, por decirlo suavemente.

El rey Jorges detesta ocuparse de la Corona y está harto de recibir al Presidente del Gobierno, a los Jefes de Estado en visita oficial, a los inacabables embajadores y a todo género de deportistas, aunque su propia pasión se disfrace de disciplina cuasi olímpica: nada le gusta tanto como las armas de fuego y las armas blancas, tirar al blanco y lanzar el cuchillo y blandir cimitarras. Su edad algo avanzada le hace fallar más de lo natural y lleva los dedos siempre vendados, llenos de cortes y bastante doloridos de apretar tanto el gatillo y levantar alfanjes. La reina Eulalias, a quien en principio horroriza la violencia, hace ya tiempo que le ha vedado su dormitorio, para alivio del monarca. Interesada en la transmigración de las almas y otros asuntos esotéricos, ha caído bajo el influjo dañino del charlatán, intrigante y falso profesor Alma-Martello, hombre de repugnante boca, cabeza de huevo invertido y voz sibilante, amén de escasas luces.

El príncipe heredero, Laureanos, sabe que tiene a su disposición a todas las jóvenes del reino, y como desde el Gobierno se lo va instando a contraer ya matrimonio (ha cumplido los cuarenta y cinco), pasa la mayor parte de sus horas libres (son todas) examinando mujeres en sus aposentos: no le basta con seguir el modelo de los antiguos productores de Broadway y Hollywood y pedirles que se levanten las faldas, sino que, anclado en sus juegos de infancia, las recibe en una suerte de quirófano, vestido de verde médico, con guantes de látex, una linternilla en la frente y todo tipo de instrumental enarbolado para llevar a cabo sus plenos reconocimientos: en más de una ocasión se le ha ido la mano con el escalpelo, y ha habido que conceder títulos a facinerosas familias para compensarlas por la irreparable pérdida. Su hermano menor, el segundón Ramiros, esquinado y mohíno, lleva desde pequeño atentando sin éxito contra la vida de Laureanos: empujones por las escaleras de mármol, veneno en los caramelos, pequeñas bombas de relojería en el sillín de la bici. En la actualidad ha de ser más disimulado y limitarse a los procedimientos clásicos: escopetazos en las cacerías y guardaespaldas sobornados que se confunden en las reyertas.

Adelaidas, que quiso huir desde niña del hogar paterno, contrajo matrimonio apresurado con un rico mexicano apellidado Marrón y al que se convirtió en Marrones. Se le ha pegado el acento, lo cual molesta al pueblo, y por razones quizá sexuales (es un enigma), obliga a su pobre marido a andar por su mansión siempre armado hasta los dientes, con cartucheras cruzadas. En una escena no privada de sentimentalismo, se atreverá a confesárselo a su padre Jorges, pensando que él aprobará la costumbre por tener las armas que ver en ella. Ramonas, la princesa más joven, vive encerrada y es un misterio: se le pasa la comida por un agujero practicado en su puerta y nadie recuerda ya su rostro, del que no hay retratos oficiales (está por decidir cómo será cuando aparezca, cabe una beldad, cabe un monstruo). Por último Leandros, el más pequeño, frecuenta malas compañías según don Jorges (va mucho con homosexuales), y está implicado en el tráfico de drogas y la trata de blancas. Con menos ahínco que Ramiros contra la de Laureanos, atenta de vez en cuando contra la mohína vida del primero, con poca fe, sin embargo. Ha concebido una pasión anómala por el Presidente del Gobierno, el apuesto señor Marcantonio, a quien somete a un asedio constante cada vez que éste acude a Palacio. El Presidente, que al principio se resiste y lo toma a broma, se deja besar por fin una vez, al pie de las escalinatas. Esto es visto casualmente (además de por numerosos criados, secretarios, ujieres, cocineros, maestresalas y chambelanes que espían sin pausa) por la reina y por Ramiros. Así como Eulalias calla, él comienza a hacer chantaje al Presidente apuesto, y lo obliga a comprometerse a quitar de en medio a Laureanos con la directa ayuda del Ministerio del Interior. Laureanos, en efecto, será muerto por la policía, durante unas prácticas de tiro a las que su entusiasta padre lo habrá llevado, y Ramiros se convierte en el príncipe heredero. No obstante, su rencor acumulado le impide el contento, y acaba reconociéndose que su afición a matar ya no estaba circunscrita al estorbo de su hermano: se siente exterminador. Marcantonio, que corresponde al joven Leandros con un fraternal afecto no muy anómalo, ve que éste será la próxima víctima del mohíno Ramiros, pero no sabe cómo atentar contra él (dos muertos por la policía en la familia real sería cosa sospechosa). Para salvar a Leandros, intenta conminarlo a salir del país bajo la amenaza de denunciarlo por traficar con drogas y tratar con blancas, pero el banquero Prometeo Noia, que es quien proporciona al rey Jorges sus armas y asimismo el *capo* de la organización delictiva con la que colabora Leandros, no está dispuesto a perder su carta blanca y decide que hay que destituir o mejor matar al señor Marcantonio. El señor Marcantonio está en peligro...

Serán nostalgias

Es muy posible que los fantasmas, si es que aún existen, tengan por criterio contravenir los deseos de los inquilinos mortales, apareciendo si su presencia no es bien recibida y escondiéndose si se los espera y reclama. Aunque a veces se ha llegado a algunos pactos, como se sabe gracias a la documentación acumulada por Lord Halifax y Lord Rymer en Inglaterra, o por don Alejandro de la Cruz en México.

Uno de los casos más modestos y conmovedores registrados por este último es el de una anciana de Veracruz, iniciado hacia 1920, cuando ella no era una anciana sino muy joven y nada sabía de la existencia —si es que puede aplicarse este término— de tales visitas y esperas, o quizá son nostalgias. Esta anciana, en su juventud, había sido señorita de compañía de una dama mayor y muy adinerada a quien, entre otros servicios prestados, leía novelas en voz alta para disipar el tedio de su falta de necesidades y preocupaciones visibles, y de una viudez temprana para la que no había habido remedio: la señora Suárez Alday había sufrido algún desengaño ilícito tras su breve matrimonio según se decía en la ciudad portuaria, y eso seguramente —más que la muerte del marido poco o nada memorable— la había hecho áspera y reconcentrada a una edad en que esas características en una mujer ya no pueden resultar intrigantes ni todavía objeto de broma y por lo tanto entrañables. El hastío la llevaba a ser tan perezosa que difícilmente era capaz de leer por sí sola y en silencio y a solas, de ahí que exigiera de su acompañante que le transmitiera en voz alta las aventuras y los sentimientos que cada día que ella cumplía —y los cumplía muy rápida y monótonamente— parecían más alejados de aquella casa. La señora escuchaba siempre callada y absorta, y sólo de vez en cuando le pedía a la joven (Elena Vera su nombre) que le repitiera algún pasaje o algún diálogo del que no se quería despedir para siempre sin hacer amago de retenerlo. Al terminar, su único comentario solía ser: 'Elena, tienes una hermosa voz. Con ella encontrarás amores'.

Y era durante estas sesiones cuando el fantasma de la casa hacía aparición: cada tarde, mientras Elena pronunciaba las palabras de Cervantes o Dumas o Conan Doyle, o versos de Darío y de Martí, veía difusamente la figura de un hombre aún joven y de aspecto algo rural, un hombre de unos treinta y tantos años que se quitaba cortésmente el sombrero ancho y cuyas ropas no gastadas se veían sin embargo llenas de agujeros, como si lo hubieran acribillado a balazos, o más bien a la chaqueta corta, la camisa blanca y el pantalón ceñido sin su cuerpo dentro, pues éste parecía ileso, y presentaba buen color el curtido rostro parapetado tras un frondoso bigote. La primera vez que lo vio, de pie y con los codos apoyados en el respaldo del sillón que ocupaba la señora, haciendo balancear su sombrero en la mano de vez en cuando, como si escuchara atentamente el texto que recitaba ella, estuvo a punto de gritar del susto, sobre todo porque, si bien no lucía armas, sí llevaba una canana cruzada en diagonal sobre el pecho, es decir, en bandolera, Pero en seguida el hombre se llevó el índice a los labios y le hizo tranquilizadoras señas a Elena Vera de que continuara y no denunciara su presencia. Su rostro no era amenazante, con una tímida sonrisa perpetua en los ojos burlones, alternada tan sólo, en algunos momentos graves de la lectura —o tal vez de sus pensamientos, o de sus recuerdos—, con una seriedad alarmada e ingenua propia de quien no distingue del todo entre lo acaecido y lo imaginado. La joven obedeció, aunque no pudo evitar aquel día levantar la vista demasiadas veces y dirigirla por encima del moño de la señora Suárez Alday, que a su vez alzaba la suya inquieta como si no estuviera segura de llevar derecho un sombrero hipotético o debidamente iluminada una aureola. '¿Qué ocurre, niña?', le dijo alterada. '¿Qué es lo que miras ahí arriba?' 'Nada', contestó Elena Vera, 'es una manera de descansar los ojos para volver a fijarlos luego en la página, señora. Tanto rato seguido me los fatiga.' El hombre asintió con su pañuelo al cuello y levantó un instante el sombrero en señal de aprobación y agradecimiento, y la explicación bastó para que en lo sucesivo la señorita mantuviera su costumbre y pudiera saciar al menos su curiosidad visiva. Porque a partir de entonces, tarde tras tarde y con pocas excepciones, leyó para su señora y también para él, sin que aquélla se diera jamás la vuelta ni supiera de las intrusiones de éste.

El hombre no rondaba ni se aparecía en ningún otro instante, por lo que Elena Vera no tuvo nunca ocasión, a través de los años, de hablar con él ni de preguntarle quién era o había sido o por qué la escuchaba. Pensó en la posibilidad de que fuera el causante del desengaño ilícito padecido por su señora en un tiempo pasado, pero de los labios de ésta jamás salieron las confidencias, pese a las insinuaciones de tantas páginas sentimentales o trágicas leídas, y de la propia Elena en las lentas conversaciones nocturnas de media vida. Tal vez aquel rumor era falso y la señora no tenía en verdad nada que contar digno de cuento y por eso pedía oír los remotos y ajenos y más improbables. En más de una oportunidad estuvo Elena tentada de ser piadosa y relatarle lo que ocurría todas las tardes a sus espaldas, hacerla partícipe de su pequeña emoción cotidiana, comunicarle la existencia de un varón entre aquellas paredes cada vez más asexuadas y taciturnas en las que sólo resonaban, a veces durante noches y días seguidos, las voces femeninas de ambas, cada vez más avejentada y confusa la de la señora, cada mañana un poco menos hermosa y más débil y huida la de Elena Vera, que en contra de las predicciones no le iba trayendo amores, o al menos no que se quedaran y pudieran tocarse. Pero siempre que estuvo a punto de caer en la tentación recordó al instante el gesto discreto y autoritario del hombre —el índice sobre los labios, repetido de vez en cuando con los ojos de leve guasa—, y guardó silencio. Lo último que deseaba era enfadarlo. Quizá era sólo que los fantasmas se aburren igual que las viudas.

Un día Elena percibió un repentino cambio de expresión en el rostro del hombre mitad campesino mitad soldado, los agujeros de cuya ropa tenía siempre el impulso primero de zurcírselos, para que no se le colara por ellos el fresco de las noches marinas. La salud de la señora Suárez Alday fue flaqueando, y unas fechas antes de su muerte (pero aún no se sabía que esas serían) pidió a Elena que en vez de novelas o versos le leyera de los Evangelios. Así lo hizo Elena, y entonces vio cómo cada vez que ella pronunciaba el nombre 'Jesús' —y fueron muchas—, el hombre torcía el gesto con dolor o pena, como si lo hiriera. A la décima o undécima vez debió de hacérsele insoportable, porque su figura siempre algo difusa pero bien distinguible, se fue haciendo tenue hasta desaparecer, mucho antes de que concluyera la sesión de lectura. Se preguntó Elena si habría sido aquel hombre un ateo, un enemigo de la religión declarado. Así que para dilucidar eso al menos insistió un par de días más tarde en leerle a la señora una novela de la que había oído mucho elogio, *Enriquillo*, del autor dominicano Manuel de Jesús Galván. Y antes de proceder con el texto, habló un rato a la señora acerca de este novelista, procurando nombrarlo siempre por su nombre completo y nunca sólo por el apellido; y vio que cada vez que decía el nombre 'Jesús', el visitante se retraía y expresaban sus ojos una mezcla de furor y miedo. Así que Elena empezó a sospechar lo que durante tanto tiempo no habría ni imaginado, y al leer de ese libro inventó un diálogo inexistente, muy breve, en el que hizo que aquel Enriquillo se dirigiera a un subalterno en estos términos: 'Tú, Jesús, guajiro'. El fantasma se tapó los oídos con pavor un momento, la cara desencajada. Pero ella no insistió, y el hombre se recompuso.

Tardó Elena tres jornadas en hacer su definitiva prueba. La señora languidecía, pero se resistía a meterse en cama, permanecía en su sillón como si eso fuera un signo de su salud, o una salvaguarda contra la muerte. Y Elena Vera le quiso leer el *Libro de las Maravillas* de Marco Polo o eso dijo, pues en realidad se quedó en el prólogo y en la nota biográfica sobre el viajero, sin duda lo que le interesaba. Pues al recitar en voz alta aquellos datos sobre la vida y andanzas de Marco Polo, también introdujo algo de su propia cosecha y dijo: 'Este gran aventurero viajó a la China y a La Meca, entre otros lugares'. Se detuvo, y fingiendo admiración añadió: 'Fíjese, señora, qué lejos, a la China y a La Meca'. El rostro curtido y tostado del hombre palideció de golpe y —como si dijéramos— en el mismo movimiento o proceso y sin transición alguna la figura entera desapareció muy rápido, como si la palidez sobrevenida lo hubiera borrado del aire, lo hubiera hecho transparente, nada, invisible hasta para ella. Y entonces estuvo segura de que aquel hombre había sido Emiliano Zapata, asesinado a los treinta y tantos años gracias a la traición de un fingido zapatista llamado Jesús Guajardo, en un lugar cuyo nombre es Chinameca, o así dice la leyenda. Y se sintió muy honrada al comprender que la visitaba, con los agujeros de las traicioneras balas, el fantasma de Zapata.

Pero la señora murió a la mañana siguiente. Ella siguió en la casa, pero durante unos días, afligida, desconcertada y sin tener ya pretexto, dejó de leer: el hombre no apareció. Convencida de que Zapata deseaba tener la instrucción de la que seguramente había carecido en su historia, o vida, también en la idea de que había sufrido en ella un exceso de realidad y por eso quería descansar en las ficciones después de muerto;

pero temerosa asimismo de que no fuera así y de que su presencia hubiera estado relacionada misteriosamente con la señora tan sólo —un amor con Zapata exigía más secreto que ningún otro, y guardar hasta el fin silencio—, decidió volver a leer en voz alta para invocarlo, y no sólo novelas y poesías, sino tratados de historia y de ciencias naturales. El hombre tardó algunas fechas en reaparecer —quién sabe si guardan luto los fantasmas, con más motivo que nadie; o quién sabe si aún desconfían, si aún puede hacérseles daño con las palabras—, pero por fin lo hizo, tal vez atraído por las nuevas materias, acerca de las cuales siguió escuchando con la misma atención, aunque ya no de pie y acodado sobre el respaldo, sino cómodamente sentado en el sillón vacante, el sombrero colgado y a veces con las piernas cruzadas y un cigarro encendido en la mano, como el patriarca que nunca pudo ser en sus días numerables.

La joven, que se fue haciendo mayor, guardó celosamente el secreto y le hablaba con cada vez más confianza, pero sin obtener nunca respuesta: los fantasmas no siempre pueden o quieren hablar. Y con esa siempre mayor y unilateral confianza transcurrieron los años, y ella tuvo ya buen cuidado de no volver a mencionar el nombre 'Jesús' en ningún contexto, y de evitar toda palabra que empezara como 'guajiro' o 'Guajardo', y de desterrar para siempre de sus lecturas a la China y a La Meca. Hasta que llegó un día en que el hombre no se presentó, y tampoco lo hizo durante los días ni las semanas siguientes. La joven que ya era casi vieja se preocupó al principio como una madre, temiendo que le hubiere sucedido algún percance grave o desgracia, sin darse cuenta de que ese verbo, suceder, sólo cabe entre los mortales y que quienes no lo son están a salvo. Cuando reparó en ello su preocupación dio paso a la desesperación: tarde tras tarde contemplaba el sillón vacío e increpaba al silencio, hacía dolidas preguntas a la nada, lanzaba reproches al aire invisible y maldecía el pasado al que temía que hubiera él vuelto; se preguntaba cuál había sido su falta o error y buscaba con afán nuevos textos que pudieran atraer la curiosidad del guerrillero y hacerlo volver, nuevas disciplinas y nuevas novelas, y procuraba encontrar nuevas entregas de Sherlock Holmes, en cuya habilidad y lirismo confiaba más que en casi ningún otro cebo científico o literario. Y seguía leyendo en voz alta a diario, por ver si él acudía.

Una tarde, el cabo de meses de desolación, se encontró con que la señal del libro de Dickens que le estaba leyendo pacientemente en ausencia no se hallaba donde la había dejado, sino muchas páginas más adelante. Leyó con atención allí donde él la había puesto, y entonces comprendió con amargura y sufrió el desengaño que a toda vida alcanza, por recóndita y quieta que sea. Había una frase del texto que decía: 'Y ella envejeció y se llenó de arrugas, y su voz cascada ya no le resultaba grata'. Cuenta don Alejandro de la Cruz que la anciana se indignó como una esposa repudiada, y que lejos de resignarse y callar le dijo al vacío con gran reproche: 'Eres injusto, y tú quisiste ser siempre un hombre justo, o eso se cuenta ahora. Tú no envejeces y quieres voces gratas y juveniles, y contemplar caras tersas y luminosas. No creas que no lo entiendo, todavía eres joven y lo serás ya siempre, y quizá no tuviste mucho tiempo para demasiadas cosas que te pasaron de largo. Pero yo te he instruido y distraído durante años, y si gracias a mí has aprendido tantas cosas y no sé si a leer incluso, no es para que ahora me dejes mensajes ofensivos a través de mis textos que he compartido contigo siempre. Ten en cuenta que cuando murió la señora yo podía haber leído en silencio, y no lo hice. Podía haberme marchado de Veracruz, y no lo hice. Comprendo que puedas ir en busca de otras voces, nada te ata a mí y es cierto que nunca me has pedido nada, luego tampoco nada me debes. Pero si conoces el agradecimiento, Emiliano', y esta fue la primera vez que lo llamó por su nombre, sin saber si era escuchada, 'te pido que al menos vengas una vez a la semana a oírme y tengas paciencia con mi voz que ya no es hermosa y ya no te agrada, porque no va a traerme más amores. Yo me esforzaré y seguiré leyendo lo mejor posible. Pero ven, porque ahora que ya soy vieja soy yo quien necesita de tu distracción y presencia. Ya no me sería fácil pasarme sin ver tus ropas agujereadas. Pobre Emiliano', añadió con más calma, 'cómo te dispararon'.

Según el estudioso don Alejandro de la Cruz, el fantasma del hombre rústico y soldado eterno que acaso había sido Zapata no fue enteramente desaprensivo y atendió a razones o supo lo que era el agradecimiento: a partir de entonces, y hasta su muerte, Elena Vera esperó con ilusión e impaciencia la llegada del día elegido en que su impalpable amor silencioso accedía a volver al pasado de su tiempo en el que en realidad ya no había ningún pasado ni ningún tiempo, la llegada de cada miércoles, cuando él quizá regresaba cada vez de Chinameca, asesinado, triste y exhausto. Y se piensa que tal vez fueron aquellas visitas y aquel oyente y aquel pacto los estímulos que la mantuvieron frente al mar y todavía viva durante bastantes años, es decir, todavía con presente y pasado y también futuro, o quizá son nostalgias.

Índice